文通天下

突 破 认 知 的 边 界

一排排西府海棠，高及丈许，而绿鬓朱颜，
正在风情万种、春色撩人的阶段，令人有忽逢绝艳之感。

红了樱桃绿了芭蕉

丁酉初夏 林

一般人隐居在乡间，在海边，在山上，
你也曾最向往这样的生活，
但这乃是最为庸俗的事，
因为你随时可以退隐到你自己心里去。
一个人不能找到一个去处比他自己的灵魂更为清静。

清晨走到空旷处，看东方既白，远山如黛，
空气里没有太多的尘埃、炊烟混杂在内，可以放心地尽量地深呼吸，
这便是一天中难得的享受。

晓折寒蔬野圃间荒
林深雪冻有芳兰色无
贤士纽为佩犹有毛
人最餐
丁酉春三月
帝凌禹写

真爱的人希求的不是自我满足，是心里的幸福。
幸福是比自我满足更高的境界。

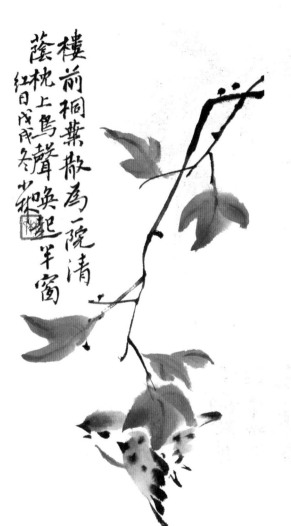

樓前桐葉散為一院清蔭
枕上鳥聲喚起半窗紅日
戊戌冬　少秋

大抵花有色則无香，有香則无色。

不知是否上天造物忌全？

含笑异香袭人，而了无姿色，在群芳中可独树一格。

蔷薇与荆棘人生的路途，

人人都循着这路途走。你说它是蔷薇之路也好，

你说它是荆棘之路也好，反正你得乖乖地把它走完。

多少年来就这样地践踏出来了，

半轮新月
数竿竹午
卷藏书
一盏茶
戊戌冬少林

若将岁月
开成花

梁实秋

——

著

读者出版社

图书在版编目（CIP）数据

若将岁月开成花 / 梁实秋著. -- 兰州 ：读者出版社，2024.1

ISBN 978-7-5527-0765-6

Ⅰ．①若… Ⅱ．①梁… Ⅲ．①散文集－中国－现代 Ⅳ．①I266

中国国家版本馆CIP数据核字（2023）第181735号

若将岁月开成花

梁实秋 著

总 策 划 禹成豪　梁珍珍

责任编辑 房金蓉

封面设计 仙　境

出版发行 读者出版社

地　　址 兰州市城关区读者大道568号（730030）

邮　　箱 readerpress@163.com

电　　话 0931-2131529(编辑部) 0931-2131507(发行部)

印　　刷 天津旭非印刷有限公司

规　　格 开本 880 毫米×1230 毫米　1/32

印张 8　字数 172 千

版　　次 2024 年 1 月第 1 版

2024 年 1 月第 1 次印刷

书　　号 ISBN 978-7-5527-0765-6

定　　价 49.80元

目
录

辑 二

面世

从心所欲不逾矩

我已渐渐感觉它并不能蔽风雨，因为有窗而无玻璃，风来则洞若凉亭，有瓦而空隙不少，雨来则渗如滴漏。纵然不能蔽风雨，「雅舍」还是自有它的个性。有个性就可爱。

辑三

时光

等待一朵花的盛开

一粒沙里看出一个世界，
一朵野花里看出一个天
堂。把无限抓在你的手掌
里，把永恒放进一刹那的
时光。

辑 四

乐趣
不开口笑是痴人

我们的两场相声，给后方的几百个观众以不少的放肆的大笑。人生难得开口笑，我们使许多愁眉苦脸的人开口笑了。

湛然

慢品烟火 闲观岁月

悲观不是消极，所以自杀的人不是悲观，悲观主义者反对自杀。悲观主义者无时不料想事物的恶化，唯其如此，他才能最积极地生活。换言之，最努力地设法来对付这丑恶的现实。

辑 一

悲悯

小时了了 孤僻少年

母亲说我乖，也说我孤僻。如今想想，一个人能有多少时间可以依偎在母亲身旁？

我在小学

　　我在六七岁的时候开始描红模子，念字号儿。所谓"红模子"就是红色的单张字帖，小孩子用毛笔蘸墨把红字涂黑即可。帖上的字不外是"上大人，孔乙己，化三千……""一去二三里，烟村四五家……"，以及"王子去求仙丹，成上九天……"之类。描红模子很容易描成墨猪，要练得一笔下去就横平竖直才算得功夫。所谓"字号儿"就是小方纸片，我父亲在每张纸片上写一个字，每天要我认几个字，逐日复习。后来书局印售成盒"看图识字"，一面是字，一面是画，就更有趣了，我们弟兄姊妹一大群，围坐在一张炕上的矮桌周边写字认字，有说有笑。有一次我一拱腿，把炕桌翻到地上去。母亲经常坐在炕沿上，一面做活计，一面看着我们，身边少不了一把炕笤帚，那笤帚若是倒握着在小小的脑袋上敲一击是很痛的。在那时体罚是最简捷了当的教学法。

　　不久，我们住的内政部街西口内路北开了一个学堂，离我家只有四五个门。校门横楣有砖刻的五个"福"字，故称之为"五福门"。后院有一棵合欢树，俗称马缨花，落花满地，孩子们抢着拾起来玩，每天早晨谁先到校谁就可以捡到最好的花。我有早起的习惯，所以我总是拾得最多。有一天我一觉醒来，窗棂上有一格已经有了阳光，急得直哭，母亲匆忙给我梳小辫，打发我上学，不大工夫我就回转了——学堂尚未开门。在这学堂我学得了什么已不记得，只记得开学那一天，学生们都穿戴一色的缨帽、呢靴站在院里，只见穿戴整齐的翎顶袍褂的提调学监们摇摇摆摆地走到前面，对着至圣先师孔子的牌位领导全体行三跪九叩礼。

在这个学堂里浑浑噩噩地过了一阵。不知怎么，这学校关门大吉。于是家里请了一位教师，贾文斌先生，字宪章，密云县人，口音有一点怯，是一名拔贡。我的二姊、大哥和我三个人在西院书房受教于这位老师。所用课本已经是新编的国文教科书，从"人、手、足、刀、尺"起，到"一人二手，开门见山"，以至于"司马光幼时的……"，《三字经》《百家姓》《千字文》这一段就没有经历过。贾老师的教学法是传统的"念背打"三部曲，但是第三部"打"从未实行过。不过有一次我们惹得他生了大气，那是我背书时背不出来，二姊偷偷举起书本给我看，老师本来是背对着我们的，陡然回头撞见，气得满面通红，但是没有动用桌上放着的精工雕刻的一把戒尺。还有一次也是二姊惹出来的，书房有一座大钟，每天下午钟鸣四下就放学，我们时常暗自把时针向前拨快十来分钟。老师渐渐觉得座钟不大可靠，便利用太阳光照在窗纸上的阴影用朱笔画一道线，阴影没移到线上是不放学的。日久季节变幻阴影的位置也跟着移动，朱笔线也就一条条地加多。二姊想到了一个方法，趁老师不在屋里替他加上一条线，果然我们提早放学了，试行几次之后又被老师发现，我们都受了一顿训斥。

辛亥革命前两年，我和大哥进了大鹁鸽市的陶氏学堂。陶是陶端方，在当时是满清政府里的一位比较有知识的人，对于金石颇有研究，而且收藏甚富，历任要职，声势煊赫，还知道开办洋学堂，很难为他了。学堂之设主要是为教育他的家族子弟，因为他家人口众多，不过也附带着招收外面的学生，收费甚昂，故有"贵族学堂"之称。父亲要我们受新式教育，所以不惜学费负担投入当时公认最好的学校，事实上却大失所望。所谓新式的洋学堂，只是徒有其表。我在这学堂读了一年，可以说什么也没有学到，无非是让我认识了一些丑恶腐败的现象。

陶氏学堂是私立贵族学堂，陶氏子弟自成特殊阶级原无足异，但是有些现象却是令人难以置信的。陶氏子弟上课时随身携带老妈子，听讲之间可以唤老妈子外出买来一壶酸梅汤送到桌下慢慢饮用。听先生讲书，随时可以写个纸条，搓成一个纸团，丢到老师讲台上去，代替口头发问，老师不以为忤。陶氏子弟个个恣肆骄纵、横冲直撞，记得其中有一位名陶杕者，尤其飞扬跋扈。他们在课堂内外成群呼啸出入，动辄动手打人，大家为之侧目。

国文老师是一位南方人，已不记得他的姓名，教我们读《诗经》。他根据他的祖传秘方，教我们读，教我们背诵，就是不讲解，当然，即使讲解也不是儿童所能领略的。他领头扯着嗓子喊"击鼓其镗"，我们全班跟着喊"击鼓其镗"，然后我们一句句地循声朗诵"踊跃用兵，土国城漕，我独南行"。他老先生喉咙哑了，便唤一位班长之类的学生代他吼叫。一首诗朗诵过几十遍，深深地记入我们的脑子里，迄今有些诗我仍能记得清清楚楚。脑子里记若干首诗当然是好事，但是付了多大的代价！一部分童时宝贵的光阴是这样耗去的！

有趣的是体操一课。所谓体操，就是兵操。夏季制服是白帆布制的，草帽、白线袜、黑皂鞋，裤腿旁边各有一条红带，衣服上有黄铜纽扣。辫子则需盘起来扣在草帽底下。我的父母瞒着祖父母给我们做了制服，因为祖父母的见解是属于更老一代的，他们无法理解在家里没有丧事的时候孩子们可以穿白衣白裤。因此我们受到严重的警告，穿好操衣之后要罩上一件竹布大褂，白色裤脚管要高高地卷起来，才可以从屋里走到院里，下学回家时依然要偷偷摸摸溜到屋里赶快换装。在民元以前，我平时没有穿过白布衣裤。

武昌起义，鼙鼓之声动地而来，随后端方遇害，陶氏学堂当然立即瓦解。陶氏子弟之在课堂内喝酸梅汤的那几位，以后也不知下落如何了。这时节，祖父母相继逝世，父亲做了一件大事，全家剪小辫子。在剪辫子那一天，父亲对我们讲了一大套话，平素看的《大义觉迷录》《扬州十日记》供给他不少愤慨的资料，我们对于这污脏、麻烦的辫子本来就十分厌恶，巴不得把它齐根剪去，但是在发动并州快剪之际，我们的二舅爹爹还忍不住泫然流涕。民国成立，薄海腾欢，第一任正式大总统项城袁世凯先生不愿到南京去就职，嗾使第三镇曹锟驻禄米仓部队于阴历正月十二日夜晚兵变，大烧大抢，平津人民遭殃者不计其数。我亦躬逢其盛。兵变过后很久，家里情形逐渐稳定，我才有机会进入公立第三小学。

公立第三小学在东城根新鲜胡同，是当时办理比较良好的学校，离我家又近，所以父亲决定要我和大哥投入该校。校长赫杏村先生，旗人，精明强干，声若洪钟。我和大哥都编入高小一年级。主任教师是周士棻先生，号香如，山西人，年纪不大，三十几岁，但是蓄了小胡子，道貌凛然。周先生是我真正的启蒙业师。他教我们国文、历史、地理、习字。他的教学方法非常认真负责。在史地方面，于课本之外另编补充教材，每次上课之前密密杂杂地写满了两块大黑板，要我们抄写，月终呈缴核阅。例如历史一科，鸿门之宴、垓下之围、淝水之战、安史之乱、黄袍加身、明末三案，诸如此类的史料都有比较详细的补充。材料很平常，可是他肯费心讲授，而且不占用上课时间去写黑板。对于习字一项，他特别注意。他用黑板槽里积存的粉笔屑，和水做泥，用笔蘸着写字，在黑板上作为示范，灰泥干了之后显得特别黑白分明，而且粗细停匀，笔意毕现。周老师的字属于柳公权一派，瘦劲方正。他要我们写得横平竖直，规规矩矩。同时他也没有忽略行草的书法，我们每人都备有一本草书《千字文》拓本，与楷书对照。我从此学得初步的草书写法，其中一部分终生未曾忘。大字之外还要写"白折子"，折子里面夹上一张乌丝格，作为练习小楷之用。他知道我们小学毕业之后能升学的不多，所以在此三年之内基础必须打好，而习字是基本技能之一。

周老师也还负起训育的责任，那时候训育叫作修身。我记得他特别注意生活上的小节，例如纽扣是否扣好、头发是否梳齐，以及说话的腔调、走路的姿势，无一不加指点。他要求于我们的很多，谁的笔记本子折角、卷角就要受申斥。我的课业本子永远不敢不保持整洁。老师本人即是一个榜样。他布衣布履，纤尘不染，走起路来目不斜视，迈大步昂首前进，几乎两步一丈。讲起话来和颜悦色，但是永无戏言。在我们心目中他几乎是一个完人。我父亲很敬重周老师的为人，在我们毕业之后，特别请他到家里为我的弟弟妹妹补课多年，后来还请他租用我们的邻院做我们的邻居。我的弟弟妹妹都受业于周老师，至少我们写的字都像是周老师的笔法。

小学有英文一课，事实上我未进小学之前就已开始从父亲学习英文了。我父亲是同文馆第一期学生，所以懂些英文，庚子年乱起辍学的。小学的英文老师是王德先生，字仰臣。我们用的课本是"华英初阶"，教授的方法是由拼音开始，ba、be、bi、bo、bu，然后就是死背字句。记得第三课就有一句"Is he of us"（"彼乃我辈中人否？"），这一句我背得滚瓜烂熟。老师一提"Is he of us"，我马上就回答出"彼乃我辈中人否"，老师大为惊异，其实我在家里早已学过了。这样教学的方法使初学英文的人费时很多——但未养成初步的语言习惯，实在是精力的浪费。后来老师换了一位程洵先生，是一位日本留学生，有时穿着半身西装，英语发音也比较流利正确一些。我因为预先学过一些英文，所以在班上特感轻松，老师也特别嘉勉。临毕业时，程老师送我一本原版的马考莱《英国史》。这本书当时还不能看懂，后来却也变成对我有用的一本参考书。

体操老师锡福先生，字辅臣，旗人。他有一副苍老而沙哑的喉咙，喊起立正、稍息、枪上肩、枪放下的时候很是威风。排起队来我是末尾，排头的一位有我两个高。老师特别喜欢我们这一班，因为我们平常把枪擦得亮，服装整齐一些，而且开正步的时候特别用力踏地作响，给老师做面子。学校在新鲜胡同东口路南，操场在西口路北，我们排队到操场去的时候精神抖擞，有时遇到操场上还有别班同学上操未散，我们便更着力操演，逼得其他各班只有木然呆立、瞠目赞叹的份儿。半小时操后，时常是踢足球。操场不画线，竖起竹竿便是球门，一半人臂缠红布，笛声一响便踢起球来，高头大马横冲直撞，像我这样的只能退避三舍以免受伤。结果是鸣笛收队皆大欢喜。

我的算术，像"鸡兔同笼"一类的题目，我认为是专门用来折磨孩子的，因为当时想鸡兔是不会同笼的，即使同笼亦无需又数头又数脚，一眼看上去就会知道是几只鸡几只兔。现在我当然明白，是我自己笨，怨不得谁。手工课也不容易应付，不是抟泥，就是削竹，最可怕的是编纸，用修脚刀把彩色纸划出线条，然后再用别种彩色纸条编织上去，真需要鬼斧神工。在这方面常常由我的大姊帮忙。教手工的老师患严重口吃，结结巴巴惹人笑。教理化的李秉衡老师，保定府人，曾经表演氢二氧一变成水，水没有变出来，玻璃瓶炸得粉碎，但是有一次却变成功了。有一次表演冷缩热胀，一颗烧得滚烫的铜珠，被一位多事的同学伸手抓了起来，烫得满手掌溜浆大泡。教唱歌的是一位时老师，他没有歌喉，但是会按风琴，他教我们唱的《春之花》我至今不能忘。

有一次远足是三年中一件大事。事先筹划了很久，决定目的地为东直门外的自来水厂。这一天特别起了个大早，晨曦未上就赶到了学校。大家啜柳叶汤果腹，柳叶汤就是细长菱形薄面片加菜煮成的一种平民食品，但这是学校里难得一遇的旷典，免费供应，大家都很高兴，有人连罄数碗。不知是谁出的主意，向步军统领衙门借了六位喇叭手，改着我们学校的制服，排在我们队伍前面开道，六只亮晶晶的喇叭上挂着红绸彩，嘀嘀嗒嗒地吹起来，招摇过市，好不威风！由新鲜胡同走到东直门外，约有四五里之遥，往返将近十里。自来水厂没有什么可看的，虽然那庞大的水池、水塔以前都没有见过。这是我第一次徒步走出北京城墙，有久困出枷之感。午间归来，两腿清酸。下次作文的题目是《远足记》，文章交卷，此一盛举才算是功德圆满。

我们一班二十几人，如今音容笑貌尚存脑海者不及半数，姓名未忘者更是寥寥可数了。年龄最大、身体最高的是一位名叫连祥的同学，约在二十开外，浓眉大眼，膀大腰圆，吹喇叭、踢足球都是好手，脑袋后面留着一根三寸多长的小辫，用红绳扎紧，挺然翘然地立在后脑勺子上，像是一根小红萝卜。听说他以后当步兵去了。一位功课好而态度又最安详的是常禧，后来冠姓栾，他是我们的班长，周老师很器重他。后来听周老师说他在江西某处任商务印书馆分馆经理。还有岳廉识君，后来进了交通部。我们同学绝大部分都是贫寒子弟，毕业之后各自东西，以我所知道的，有人投军，有人担筐卖杏，能升学的极少。我们在校的时候都相处得很好，有两种风气使我感到困惑。一个是喜欢打斗，动辄挥拳使绊，闹得桌翻椅倒。有一位同学长相不讨人喜欢，满脸疙瘩噜苏，绰号"小炸丸子"。他经常是几个好闹事的同学欺弄的对象，有多少次被抬到讲台桌上，手脚被人按住，有人扯下他的裤子，大家轮流在他的裤裆里吐一口痰！还有一位同学名叫马玉岐，因为宗教的关系，饮食习惯与别人不同。几个不讲理的同学便使用武力，

强迫他吃下他们不吃的东西，经常要酿出事端。在这样尚武的
环境之中我小心翼翼，有时还不能免于受人欺凌。自卫的能力
之养成，无论是斗智还是斗力，都需要实际体验。我相信我们
的小学是很好的训练场所。另一件使我困惑的事是大家之口出
秽言的习惯。有些人各自秉承家教，不只是"三字经"常挂在
嘴边，高谈阔论起来，其内容往往涉及《素女经》，而且有几
位特别大胆的还不惜把他在家中所见所闻的实例不厌其详地描
写出来。讲的人眉飞色舞，听的人津津有味。学校好几百人共
用一个厕所，其环境之脏可想，但是有些同学入厕之后其嘴巴
比那环境还脏。所以我视如厕为畏途。性教育在一群孩子中间
自由传播，这种情形当时在公立小学尤甚，我是深深拜受其
赐了。

　　我在第三小学读了三年，每天早晨和我哥哥步行到校，无
间风雪。天气不好的时候要穿家中自制的带钉的油鞋，手中举
着雨伞，途中经常要遇到一只恶犬，多少要受到骚扰，最好的
时候是适值它在安睡，我们就悄悄地溜过去了。那时我不明白
为什么有人要养狗并且纵容它与人为难。内政部门口站岗的巡
捕半醒半睡地挂着上刺刀的步枪靠在墙垛上，时常对我们颔首
微笑，我们觉得受宠若惊，久之也搭讪着说两句话。出内政部
街东口往北转，进入南小街子，无分晴雨，永远有泥泞车辙，
其深常在尺许。街边有羊肉床子，时常遇到宰羊，我们就驻足
而视，看着绵羊一声不响引颈就戮。羊肉包子的味道热腾腾地

四溢。卖螺丝转儿油鬼的，卖甜浆粥的，卖烤白薯的，卖糖耳朵的，一路上左右皆是。再向东一转就进入新鲜胡同了，一眼可以望得见城墙根，常常看见有人提笼架鸟从那边溜达着走过来。这一段路给我的印象很深，二十多年后我再经过这条街则已变为坦平大道面目全非，但是我还是怀念那久已不复存在的湫隘的陋巷。我是在这些陋巷中生长大的，这是我的故乡。

民国四年（1915年）我毕业的时候，主管教育的京师学务局（局长为德彦）令饬举行会考，把各小学所有应届毕业的学生数百人聚集在我们第三小学，考国文、习字、图画数科，名之曰“观摩会”。事关学校荣誉，大家都兴奋。国文试题记得是《诸生试各言尔志》。事有凑巧，这个题目我们以前做过，而且以前做的时候，好多同学都是说将来要“效命疆场，马革裹尸”。我其实并无意步武马援，但是我也摭拾了这两句豪语。事后听主考的人说，第三小学的一班学生有一半要“马革裹尸”，是佳话还是笑谈也就很难分辨了。我在打草稿的时候，一时兴起，使出了周老师所传授的草书《千字文》的笔法，写得虽然说不上龙飞蛇舞，却也自觉得应手得心。正赶上局长大人亲自监考经过我的桌旁，看见我写的好大个的草书，留下了特别的印象。图画考的是自由画。我们一班最近画过一张松鹤图，记忆犹新，大家不约而同地都依样画葫芦，斜着一根松枝，上面立着一只振翅欲飞的仙鹤，章法不错。我本来喜欢图画，父亲给我的《芥子园画谱》也发生了作用，我所画的松鹤图总算是尽力为之了。榜发之后，我和哥哥以及栾常禧君都高居榜首，荣誉属于第三小学。我得到的奖品最多，是一张褒奖状、一部成亲王的巾箱帖、一个墨盒、一副笔架以及笔墨之类。

　　"小时了了，大未必佳。"如今想想这话颇有道理。

清华八年

一

　　我自民国四年（1915年）进清华学校读书，民国十二年（1923年）毕业，整整八年的工夫在清华园里度过。人的一生没有几个八年，何况是正宝贵的青春？四十多年前的事，现在回想已经有些模糊，如梦如烟，但是较为突出的印象则尚未磨灭。有人说，人在开始喜欢回忆的时候便是开始老的时候。我现在开始回忆了。

　　民国四年，我十四岁，在北京新鲜胡同京师公立第三小学毕业，我的父亲接受朋友的劝告，要我投考清华学校。这是一个重大的决定，因为这个学校远在郊外，我是一个古老的家庭中长大的孩子，从来没有独自在街头闯荡过，这时候要捆起铺盖到一个陌生的地方去住，不是一件平常的事，而且在这个学校经过八年之后，便要漂洋过海离乡背井到新大陆去负笈求学，更是难以设想的事。所以父亲这一决定下来，母亲急得直哭。

清华学校在那时候尚不大引人注意。学校的创立乃是由于民国纪元前四年（1908年），美国老罗斯福总统决定退还庚子赔款半数，指定用于教育用途，意思是好的，但是带着深刻的国耻的意味。所以这学校的学制特殊，事实上是留美预备学校，不由教育部管理，校长由外交部派。每年招考学生的名额，按照各省分担的庚子赔款的比例分配。我原籍浙江杭县，本应到杭州去应试，往返太费事，而且我家寄居北京很久，也可算是北京的人家。为了取得法定的根据起见，我父亲特赴京兆大兴县署办理入籍手续，得到准许备案，我才到天津（当时直隶省会）省长公署报名。我的籍贯从此确定为京兆大兴县，即北京。北京东城属大兴，西城属宛平。

那一年直隶省分配名额为五名，报名应试的大概是三十几个人，初试结果取十名，复试再遴选五名。复试由省长朱家宝亲自主持。此公素来喜欢事必躬亲，不愿假手他人。居恒有一颗闲章，文曰："官要自做。"我获得初试入选的通知以后就到天津去谒见省长。十四岁的孩子几曾到过官署？大门口的站班的衙役一声吆喝，吓我一大跳，只见门内左右站着几个穿宽袍大褂的衙役垂手肃立。我逡巡走近二门，又是一声吆喝，然后进入大厅。十个孩子都到齐，有人出来点名。静静地等了一刻钟，一位面团团的老者微笑着踱了出来，从容不迫地抽起水烟袋，逐个地盘问我们几句话，无非是姓甚、名谁、几岁、什么属性之类的谈话。然后我们围桌而坐，各有毛笔、纸张放在面前，写一篇作文，题目是《孝悌为人之本》。这个题目我好像从前做过，于是不假思索援笔立就，总之是一些陈词滥调。

过后不久榜发，榜上有名的除我之外有吴卓、安绍芸、梅贻宝及一位未及入学即行病逝的应某。考取学校总是幸运的事，虽然那时候我自己以及一般人并不怎样珍视这样的一个机会。

就是这样我和清华结下了八年的缘分。

<h2 style="text-align:center">二</h2>

八月末，北京已是初秋天气，我带着铺盖到清华去报到，出家门时母亲直哭，我心里也很难过。我以后读英诗人Cowper的传记时特别同情他，即是因为我自己深切体验到一个幼小的心灵在离开父母出外读书时的那种滋味——说是"第二次断奶"实在不为过。第一次断奶固然苦痛，但那是在孩提时代，尚不懂事，没有人能回忆自己断奶时的懊恼，第二次断奶就不然了，从父母身边把自己扯开，在心里需要一点气力，而且少不了一阵辛酸。

清华园在北京西郊外的海淀的西北。出西直门走上一条漫长的马路，沿途有几处步兵统领衙门的"堆子"，清道夫一铲铲地在道上撒黄土，一勺一勺地在道上泼清水，路的两旁是铺石的路，专给套马的大敞车走的。最不能忘的是路边的官柳，是真正的垂杨柳，好几丈高的丫杈古木，在春天一片鹅黄，真是柳眼挑金。更动人的时节是在秋后，柳丝飘拂到人的脸上，一阵阵的蝉噪，夕阳古道，情景幽绝。我初上这条大道，离开温暖的家，走向一个新的环境，心里不知是什么滋味。

海淀是一小乡镇，过仁和酒店微闻酒香，那一家的茵陈酒"莲花白"是有名的，再过去不远有一个小石桥，左转趋颐和园，右转经圆明园遗址，再过去就是清华园了。清华园原是清室某亲贵的花园，大门上"清华园"三字是大学士那桐题的，门并不大，有两扇铁栅，门内左边有一棵状如华盖的老松，斜倚有态，门前小桥流水，桥头上经常系着几匹小毛驴。

园里谈不到什么景致，不过非常整洁，绿草如茵，校舍十分简朴，但是一尘不染。原来的一点点中国式的园林点缀保存在"工字厅""古月堂"，尤其是工字厅后面的荷花池。徘徊池畔，有"风来荷气，人在木阴"之致。塘坳有亭翼然，旁有巨钟为报时之用。池畔松柏参天，厅后匾额上的"水木清华"四字确是当之无愧。又有长联一副："槛外山光，历春夏秋冬，万千变幻，都非凡境；窗中云影，任东西南北，去来澹荡，洵是仙居。"（祁寯藻书）我在这个地方不知道消磨了多少黄昏。

西园榛莽未除，一片芦蒿，但是登土山西望，圆明园的断垣残石历历可见，俯仰苍茫，别饶野趣。我记得有一次郁达夫特来访问，央我陪他到圆明园去凭吊遗迹，除了那一堆石头，什么也看不见了，所谓"万园之园"的四十美景只好参考后人画图于想象中得之。

三

清华分高等科、中等科两部分。刚入校的便是中等科的一年级生。中等四年，高等四年，毕业后送到美国去，这两部分是隔离的，食、宿、教室均不在一起。

学生们是来自各省的，而且是很平均地代表着各省，因此各省的方言都可以听到。我不相信除了清华之外，有任何一个学校其学生籍贯是如此的复杂。有些从广东、福建来的，方言特殊，起初与外人交谈不无困难，不过年轻的人学语迅速，稍后亦可适应。由于方言不同，同乡的观念容易加强，虽无同乡会的组织，事实上一省的同乡自成一个集团。

我是北京人，我说国语，大家都学着说国语，所以我没有方言，因此我也就没有同乡观念。如果我可以算得是北京土著，像我这样的土著，清华一共没有几个（原籍满族的陶世杰、原籍蒙古族的杨宗瀚都可以算是真正的北京人）。北京也有北京的土语，但是从这时候起我就和各个不同省籍的同学交往，我只好抛弃了我的土语的成分，养成使用较为普通的国语的习惯。我一向不参加同乡会之类的组织，同时我也没有浓厚的乡土观念，因为我在这样的环境有过八年的熏陶，凡是中国人都是我的同乡。

一天夜里下大雪，黎明时同屋的一位广东同学大惊小怪地叫了起来："下雪啦！下雪啦！"别的寝室的广东同学也出来奔走相告，一个个从箱里取出羊皮袍穿上，但是里面穿的是单布裤子！

有一位从厦门来的同学，因为言语不通没人可以交谈，孤独郁闷而精神失常，整天用英语喊叫："我要回家！我要回家！"高等科有一位是他的同乡，但是不能时常来陪伴他。结果这位可怜的孩子被遣送回家了。

我是比较幸运的，每逢星期日，我缴上一封家长的信便可获准出校返家，骑驴抄小径，经过大钟寺，到西直门，或是坐一小时的人力车遵大道进城。在家里吃一顿午饭，不大工夫夕阳西下又该回学校去了。回家的手续是在星期六晚办妥的，领一个写着姓名的黑木牌，第二天交到看守大门的一位张姓老头儿的手里，才得出门。平常是不准越大门一步的。但是高等科的同学们，和张老头儿打个招呼，也可以出门走走，买点什么鸭梨、柿子、烤白薯之类的东西。

新生是一群孩子，我这一班里以项君为最矮小，有一回他掉在一只大尿桶里几乎淹死。二三十年后我在天津遇到他，他已经任一个银行的经理，还是那么高，想起往事不禁发出会心的微笑。

新生的管理是很严格的。斋务主任陈筱田先生是个了不起的人物，天津人，说话干脆而尖刻，精神饱满，认真负责。学生都编有学号，我在中等科时是五八一，在高等科时是一四七，我毕业十几年后在南京车站偶然遇到他，他还能随口说出我的学号。每天早晨七点打起床钟，赴盥洗室，每人的手巾、脸盆都写上号码，脏了要罚。七点二十分吃早饭，四碟咸菜如萝卜干、八宝菜之类，每人三个馒头，稀饭不限。饭桌上，也有各人的学号，缺席就要记下处罚。脸可以不洗，早饭不能不去吃。陈先生常常躲在门后，拿着纸笔把迟到的一一记下，专写学号，一个也漏不掉。我从小就有早起的习惯，永远在打钟以前很久就起床，所以从不误吃早饭。

学生有久久不写平安家信以致家长向学校查询者，因此学校规定每两星期必须写家信一封，交斋务室登记寄出。我每星期回家一次，应免此一举，但格于规定仍需照办。我父亲说这是很好的练习小楷的机会，特为我在荣宝斋印制了宣纸的信笺，要我恭楷写信，年终汇订成册，留作纪念。

学生身上不许带钱，钱要存在学校银行里，平常的零用钱可以存少许在身上，但一角钱一分钱都要记账，而且是新式簿记，有明细账，有资产负债对照表，月底结算完竣要呈送斋务室备核盖印然后发还。在学校用钱的机会很少，伙食本来是免费的，我入校的那一年才开始收半费，每月伙食是六元半，我交三元，在我以后就是交全费的了，洗衣服每月二元，这都是在开学时交清了的。理发每次一角，技术不高明，设备也简陋，有一样好处——快，十分钟连揪带拔一定完工。（我的朋友张心一来自甘肃，认为一角钱太贵，总是自剃光头，青白油亮，只是偶带刀痕。）所以花钱只是买零食。校内有一个地方卖日用品及食物，起初名为"嘉华公司"，后改称为"售品所"，卖豆浆、点心、冰激凌、花生、栗子之类。只有在寝室里可以吃东西，在路上走的时候吃东西是被禁止的。

洗澡的设备很简单，用的是铅铁桶，由工友担冷热水，孩子们很多不喜欢亲近水和肥皂，于是洗澡便需要签名，以备查核。规定一星期洗澡至少两次，这要求并不过分，可是还有人只签名而不洗澡。照规定一星期不洗澡予以警告，若仍不洗澡则在星期五下午四时周会（名为伦理演讲）时公布姓名，若仍不洗澡则强制执行，派员监视。以我所知，这规则尚不曾实行过。

看小说也在禁止之列。小说是所谓"闲书"，据说是为成年人消遣之用，不是诲淫就是诲盗，年轻人血气未定，看了要出乱子的。可是像《水浒传》《红楼梦》之类我早就在家里看过，也是偷着看的，看到妙处心里确是怦怦然。

我到清华之后，经朋友指点，海淀有一家小书店可以买到石印小字的各种小说。我顺便去了一看，琳琅满目，如入宝山，于是买了一部《绿牡丹》。有一天晚上躺在床上偷看，字小、纸光、灯暗，倦极抛卷而眠，翌晨起来就忘记从枕下捡起。斋务先生查寝室，伸手一摸就拿走了。当天就有条子送来，要我去回话，我还不知道是什么事。只见陈先生铁青着脸，把那本《绿牡丹》往我面前一丢，说："这是嘛？""嘛"者，天津话"什么"也。我的热血涌到脸上，无话可说，准备接受打击。也许是因为我是初犯，而且并无其他前科，也许是因为我诚惶诚恐俯首认罪，使得惩罚者消了不少怒意，我居然除了受几声叱责及查获禁书没收之外没有受到惩罚。依法，这种罪过是要处分的，应于星期六下午大家自由活动之际被罚禁闭，地点在"思过室"。这种处分是最轻微的处分，在思过室里静坐几小时，屋里壁上满挂着格言，所谓"闭门思过"。凡是受过此等处分的，就算是有了记录，休想再能获得品行优良奖的大铜墨盒。我没进过思过室，可是也从来没有得过大铜墨盒，可能是受了《绿牡丹》事件的影响。我们对于得过墨盒的同学们既不嫉妒亦不羡慕，因为人人心里明白那个墨盒的代价是什么，并且事后证明墨盒的得主将来都变成了什么样的角色。

思过是要牌示的，若干次思过等于记一小过，三小过为一大过，三大过则恶贯满盈实行开除。记过开除之事在清华随时有之，有时候一向品学兼优的学生亦不能免于记过。比我高一班的潘光旦曾告诉我他就被记小过一次，事由是他在严寒冬夜不敢外出如厕，就在寝室门外便宜行事。事有凑巧，陈斋务主任正好深夜巡查，迎面相值当场查获。当时未交一语，翌日挂牌记过。光旦认为这是很有趣的一件事，从不讳言。中等科的厕所（绰号九间楼）在夜晚是没有人敢去的，面临操场，一片寂寥，加上狂风怒吼，孩子们是有一点怕。最严重的罪过是偷窃，一经破获，立刻开除。有时候拿了人家的一本字典或是拿了人家一匹夏布，都要受最严重的处分。趁上课时扃闭寝室通路，翻箱倒箧实行突检，大概没有窃案不被破获的。虽然用重典，总还有人要蹈法网。有些学生被当作"线民"使用，负责打小报告。这种间谍制度后来大受外国教员指责，不久就废弃了。做线民的大概都是得过墨盒的。

清华对于年幼的学生还有过一阵的另一训导制度，三五个年幼的学生配给一个导师，导师由高等科的大学生担任之，每星期聚会一次，在生活上予以指导。指导我的是一位沈隽淇先生，大概比我大七八岁，道貌岸然，不苟言笑。这制度用意颇佳，但滞碍难行，因为硬性配给，不免扞格。此制行之不久即废，沈隽淇先生毕业后我也从来没听见过他的消息。

严格的生活管理只限于中等科，我们事后想想，像陈筱田先生所执行的那套管理方法，究竟是利多弊少，许多做人做事的道理，本来是应该在幼小的时候就要认识。许多自然主义的教育信仰者，以为儿童的个性应该任其自由发展，否则受了摧残以后，便不得伸展自如。至少我个人觉得我的个性没有受到压抑以至于以后不能充分发展。我从来不相信"树大自直"。等我们升到高等科，一切管理松弛多了，尤其是正值"五四运动"之后，学生的气焰万丈，谁还能管学生？

四

清华是预备留美的学校，所以课程的安排与众不同，上午的课如英文、作文、公民（美国公民）、数学、地理、历史（西洋史）、生物、物理、化学、政治学、社会学、心理学……都一律用英语讲授，一律用美国出版的教科书；下午的课如国文、历史、地理、修身、哲学史、伦理学、修辞、中国文学史……都一律用国语，用中国的教科书。这样划分的目的，显然是要加强英语教学，使学生多得听说英语的机会。上午的教师一部分是美国人，一部分是能说英语的中国人。下午的教师是一些中国的老先生，好多都是在前清有过功名的。但是也有流弊，重点放在上午，下午的课就显得稀松。尤其是在毕业的时候，上午的成绩需要及格，下午的成绩则根本不在考虑之列。因此大部分学生轻视中文的课程。这是清华在教育上最大的缺点，不过鱼与熊掌不可得兼，顾了英文就不容易再顾中文，这困难的情形也是可以理解的。可惜的是学校没有想出更合理的办法，同时对待中文教师之差别待遇也令学生生出很奇异的感想，薪给特别低，集中住在比较简陋的古月堂，显然中文教师是不受尊重的。这在学生的心理上有不寻常的影响，一方面使学生蔑视本国的文化，崇拜外人，另一方面激起反感，对于洋人偏偏不肯低头。我个人的心理反应即属于后者，我下午上课从来不和先生捣乱，上午在课堂里就常不驯服。而且我一想起母校，我就不能不联想起庚子赔款、义和团、吃教的洋人、昏聩的官吏……这一连串的联想使我惭愧、愤怒。我爱我的母校，但这些联想如何能使我对我母校毫无保留地感觉骄傲呢？

清华特别注重英文一课，由于分配的钟点特多，再加上午其他各课亦用英语讲授，所以平均成绩可能较一般的学校略胜。使用的教本开始时是《鲍尔文读本》，以后就由浅而深地选读文学作品，如《阿丽斯异乡游记》《陶姆·伯朗就学记》《柴斯·菲德训子书》《金银岛》《欧文杂记》，阿迪生的《洛杰爵士杂记》，霍桑的《七山墙之屋》《块肉余生述》《朱立阿·西撒》《威尼斯商人》等等。前后八年教过我英文的老师有马国骥先生、林语堂先生、孟宪承先生、巢堃霖先生，美籍的有 Miss Beader, Miss Clemens, Mr. Smith 等。马、林、孟三位先生都是当时比较年轻的教师，不但学问好，教法好，而且热心教学，是难得的好教师。巢先生是在英国受教育的，英文根底极好。我很惭愧的是我曾在班上屡次无理捣乱反抗，使他很生气。但是我来台湾后他从香港寄信给我，要我到香港大学去教中文。我感谢这位老师尚未忘记几十年前的一个顽皮的学生。两位美籍的女教师使我特殊受益的倒不在英文训练，而在她们教导我们练习使用"议会法"，这一套如何主持会议、如何进行讨论、如何交付表决等等的艺术，以后证明十分有用。这也就是孙中山先生所谓的"民权初步"。在民主社会里到处随时有集会，怎么可以不懂集会的艺术？我幸而从小就学会了这一套，以后受用不浅，以后每逢我来主持任何大小会议，我知道如何控制会场秩序，如何迅速地处理案件的讨论。她们还教了我们作文的方法，题目到手之后，怎样先作大纲，怎样写提纲挈领的句子，有时还要把别人的文章缩写成为大纲，有时从一个大纲扩展成为一篇文章，这一切其实就是思想训练，所以不仅对英文作文有用，对国文也一样有用。我的文章写得不好，但如果层次不太紊乱，思路不太糊涂，其得力处在此。美国的高等学校大概就是注重此种教学方法，清华在此等处模仿美国，是有益的。

上午的所有课程有一特色，即是每次上课之前学生必须做充分准备，先生指定阅览的资料必须事先读过，否则上课即无从听讲或应付。上课时间用在练习讨论者多，用在讲解者少，同时鼓励学生发问。我们中国学生素来没有当众发问的习惯，美籍教师常常感觉困惑，有时指名发问令其回答，造成讨论的气氛。美国大学里的课外指定阅读的资料分量甚重，所以清华先有此种准备，免得到了美国顿觉不胜负荷。我记得到了高等科之后，先生指定要读许多参考书，某书某章必须阅读，我们在图书馆未开门之前就排了长龙，抢着阅读参考书架上的资料，迟到者就要等候。

我的国文老师中使我获益最多的是徐镜澄先生，我曾为文纪念过他（见《秋室杂文》）。他在中等科教我作文一年，批改课业大勾大抹，有时全页都是大墨杠子，我几千字的文章往往被他删削得体无完肤，只剩下三两百字。我始而懊恼，继而觉得经他勾改之后确实是另有一副面貌，终乃接受了他的"割爱主义"：写文章少说废话，开门见山；拐弯抹角的地方求其挺拔，避免阘茸。

午后的课程大致不能令学生满意。学校聘请教员只知道注意其有无举人、进士的头衔，而不问其是否为优良教师。尤其是"五四"以后的几年，学生求知若渴，不但要求新知，对于中国旧学问也要求用新眼光来处理。比我低一班的朱湘先生就跑到北大旁听去了。清华午后上课情形简直是荒唐！先生点名，一个学生可以代替许多学生答到，或者答到之后就开溜，留在课室者可以写信、看小说甚至打瞌睡，而先生高踞讲坛视若无睹。我记得清清楚楚，有一位叶先生年老而无须，有一位学生发问了："先生，你为什么不生胡须？"先生急忙用手遮盖他的下巴，缩颈俯首而不答，全班哄笑。这一类不成体统的事不止一端。

于此我不能不提到梁任公先生。大概是我毕业前一年，我们几个学生集议想请他来演讲。他的大公子梁思成是我同班同学，梁思永、梁思忠也都在清华，所以我们经过思成的关系一约就成了。任公先生的学问、事业是大家敬仰的，尤其是他心胸开朗，思想赶得上潮流，在"五四"以后俨然是学术重镇。他身体不高，头秃，双目炯炯有光，走起路来昂首阔步，一口广东官话，声如洪钟。他讲演的题目是《中国韵文里表现的情感》。他情感丰富，记忆力强，用手一敲秃头便能背诵出一大段诗词，有时手之舞之足之蹈之，有时口沫四溅涕泗滂沱，频频地从口袋里掏出一块大毛巾来揩眼睛。这篇演讲分数次讲完，有异常的成功，我个人对中国文学的兴趣就是被这一篇演讲所鼓动起来的。以前读曾毅《中国文学史》，因为授课的先生只是照着书本读一遍，毫无发挥，所以我越读越不感兴趣。任公先生以后由学校聘请，住在工字厅主讲"中国历史研究法"，更以后清华大学成立，他被聘为研究所教授，那是后话了。

还有些老师我也是不能忘记的。教音乐的Miss Seeley和教图画的Miss Starr和Miss Lyggate都启迪了我对艺术的爱好。我本来喉音不坏，被选为"少年歌咏团"的团员，一共十二个人，除了我之外有赵敏恒、梅旸春、项谔、吴去非、李先闻、熊式一、吴鲁强、胡光澄、杜钟珩、郭殿邦等。我的嗓音最高，曾到城里青年会表演过一次Human Piano（"人造钢琴"），我代表最高音。以后我倒了嗓子，同时Seeley女士离校后也没有人替其指导，我对音乐便失去了兴趣，没有继续修习，以至于如今对于音乐几乎完全是个聋子，中国音乐不懂，外国音乐也不通，变成了一个"内心没有音乐的人"，想起来实在可怕。讲到国画，我从小就喜欢，涂抹几笔是可以的，但无天才。清华的这两位教师给我的鼓励太多了，要我画炭画，描石膏像。记得最初是画院里的一棵松树，从基本上学习，但我没有能持续用功。我妄以为在小学时即已临摹王石谷、恽南田，如今还要回过头来画这些死东西？自以为这是委屈了我的才能，其实只是狂傲无知。到如今一点基本的功夫都没有，还谈得到什么用笔用墨？幼年时对艺术有一点点爱好，不值什么，没加上苦功，便毫无可观，我便是一例。

我不喜欢的课是数学，在小学时"鸡兔同笼"就已经把我搅昏了头，到清华习代数、几何、三角，更格格不入，从心理厌烦，开始不用功，以后就很难跟上去，因此视数学课为畏途。我的一位同学孙筱孟比我更怕数学，每回遇到数学月考大考，他一看到题目就好像是"贾宝玉神游太虚幻境"一般，匆匆忙忙回寝室换裤子，历次不爽。我那时有一种奇异的想法，我将来不预备习理工，要这劳什子做什么？以"兴趣不合"四个字掩饰自己的懒惰、愚蠢。数学是人人要学的，人人可以学的，那是一种纪律，无所谓兴趣之合与不合。后来我和赵敏恒两个人同在美国一个大学读书，清华的分数单上数学一项都是勉强及格六十分，需要补修三角与立体几何。我们一方面懊恼，一方面引为耻辱，于是我们两个拼命用功，结果我们两个在全班占第一、第二的位置，大考特准免予参加，以"甲上"成绩论。这证明什么？这证明没有人的兴趣是不近数学的，只要按部就班地用功，再加上良师诱导，就会发觉里面的趣味，万万不可任性，在学校里读书时万万不可相信什么"趣味主义"。

生物、物理、化学三门并非全是必修，预备习文法的只要修生物即可，这一规定也害我不浅。我选了比较轻松的生物。教我们生物的陈隽人先生，他对我们很宽，我在实验室里完全把时间浪费了。我怕触及蚯蚓、田鸡之类的活东西，闻到珂罗芳的味道就头痛，把蛤蟆四肢钉在木板上开刀取心脏是我最怵的事，所以总是请同学代为操刀，敷衍了事。物理、化学根本没有选修，至今引为憾事。

我的手很笨拙，小时候手工一向很坏，编纸、插豆、泥工、竹工的成绩向来羞于见人。清华亦有手工一课，教师是周永德先生。有一次，他要我们每人做一个木质的方锥体，我实在做不好，就借用同学徐宗涑所做的成品去搪塞交上。宗涑的手是灵巧的，他的方锥体做得方方正正、有棱有角，周先生给他打了个九十分。我拿同一个作品交上去，他对我有偏见，仅打了七十分，我不答应，我自己把真相说穿。周先生大怒，说我不该借用别人的作品。我说："我情愿受罚，但是先生判分不公，怎么办呢？"先生也笑了。

五

清华对于体育特别注重。

每早晨第二堂与第三堂之间有十五分钟的柔软操。钟声一响，大家涌到一个广场上，地上有写着号码的木桩，各按号码就位立定，由舒美科先生或马约翰先生领导活动，由助教过来点名。这十五分钟操，如果认真做，也能浑身冒汗。这是很好的调剂身心的办法。

下午四时至五时有一小时的强迫运动。届时所有的寝室、课室房门一律上锁，非到户外运动不可，至少是在外面散步或看看别人运动。我是个懒人，处此情形之下，也穿破了一双球鞋，打烂了三五只网球拍，大腿上被棒球打黑了一大块。可惜到了高等科就不再强迫了。经常运动有助于健康，不，是健康之绝对的必需的条件，而且身体的健康，也必有助于心理的健康。年轻时所获致的健康也是后来求学做事的一笔资本。那时清华的一般的学生比较活泼一些，少老气横秋的态度，也许是运动比较多一点的缘故。

学生们之普遍的爱好运动的习惯之养成是一件事，选拔代表与别的学校竞赛则是又一件事。清华对于选手的选拔、培养与爱护也是做得很充分的。选手要勤练习，体力耗损多，食物需要较高的热量，于是在食堂旁边另设"训练桌"，大鱼大肉，四盘四碗，同学为之侧目。运动员之德、智、体三育均优者固然比比皆是，但在体育方面畸形发展的亦非绝无仅有。一位玩球的健将就是功课不够理想，但还是设法留在校内以便为校立功。这种恶劣的作风是大家都知道的。

清华的运动员给清华带来不少的荣誉，在各种运动比赛中总是占在领导的位置。在最初的几次远东运动会中，清华的选手赢得不少锦标，为国家争取光荣。我记得最清楚的是一场足球赛和一场篮球赛。上海南洋大学的足球队在华中称雄，远征华北，以清华为对象。大家都觉得胜败未可逆料，无不惴惴。清华的阵容是：前锋徐仲良、姚醒黄、关颂韬、华秀升、邝××，后卫之一是李汝祺，守门是董大酉。这一战打得好精彩！徐仲良脚头有劲，射门准而急，关颂韬最会盘球，三两个人奈何不得他，冲锋陷阵如入无人之境，结果清华以逸待劳，侥幸大胜。这是在星期六下午举行的，星期一补放假一天以资庆祝。这是什么事！另一场篮球赛是对北师大。北师大在体育方面也是人才辈出，篮球队中一位魏先生尤负盛名。北师大和清华在篮球上不相上下，可说势均力敌。清华的阵容是：前锋有时昭涵、陈崇武，后卫有孙立人、王国华。以这一阵容为基本的篮球队曾打垮菲律宾、日本的代表队。鏖战的结果，清华占地利因而险胜，孙立人、王国华的截球之稳练不能不令人叹为观止。附带提起，现在台湾的程树仁先生也是清华的运动健将，他继曹懋德为足球守门，举臂击球，比用脚踢还打得远些。他现在年近七十而强健犹昔，是清华的体育精神的代表。

清华毕业时照例要考体育，包括田径、爬绳、游泳等项。我平常不加练习，临考大为紧张，马约翰先生对于我的体育成绩只是摇头叹息。我记得我跑四百码的成绩是九十六秒，人几乎晕过去；一百码是十九秒。其他如铁球、铁饼、标枪、跳高、跳远都还可以勉强及格。游泳一关最难过。清华有那样好的游泳池，按说有好几年的准备应该没有问题，可惜是这好几年的准备都是在陆地上，并未下过水里，临考只得舍命一试。我约了两位同学各持竹竿站在两边，以备万一。我脚踏池边猛然向池心一扑，这一下就浮出一丈开外，冲力停止之后，情形就不对了。原来水里也有地心吸力，全身直线下沉。喝了一大口水之后，人又浮到水面；尚未来得及喊"救命"，已经再度下沉。这时节两根竹竿把我挑了起来，成绩是不及格，一个月后补考。这一个月我可天天练习了，好在不止我一人，尚有几位陪伴我。补考的时候也许是太紧张，老毛病又发了，身体又往下沉。据同学告诉我，我当时在水里扑腾得好厉害，水珠四溅，翻江倒海一般，否则也不会往下沉。这一沉，沉到了池底，我摸到大理石的池底，滑腻腻的。我心里明白，这一回只许成功不许失败，便在池底连爬带游地前进，喝了几口水之后，头已露出水面，知道快游完全程了，于是从从容容来了几下子蛙式泳，安安全全地跃登彼岸。马约翰先生笑得弯了腰，挥手叫我走，说："好啦，算你及格了。"这是我毕业时极不光荣的一个插曲。我现在非常悔恨，年轻时太不知道重视体育了。

　　清华的体育活动也并不完全是洋式的，也有所谓国术，如打拳、击剑之类。教师是李剑秋先生，他的拳是外家一路，急而劲，据说很有功夫，有时也开会表演，邀来外面的各路英雄，刀枪剑戟陈列在篮球场上。主人先垫垫脚，然后一十八般武艺一样一样地表演上场，其中包括空手夺刀之类。对于这种玩意儿，同学中也有乐此不疲者，分头在钻研太极八卦、少林石头的奥秘。

六

五四运动发生在一九一九年，我在中等科四年级，十八岁，是当时学生群中比较年轻的一员。清华远在郊外，在"五四"过后两三天才和城里的学生联络上。清华学生的领导者是陈长桐。他的领导才能是天生的，他严肃而又和蔼，冷静而又热情，如果他以后不走进银行而走进政治，他一定是第一流的政治家。他的卓越的领导能力使得清华学生在这次运动里尽了应尽的责任，虽然以后没有人以"五四健将"而闻名于世。自五月十九日以后，北京学生开始街道演讲。我随同大队进城，在前门外珠市口，我们一小队人从店铺里搬来几条木凳横排在街道上，人越聚越多，讲演的情绪越来越激昂。这时有三两部汽车因不得通过而乱按喇叭，顿时激怒了群众，不知什么人一声喝打，七手八脚地捣毁了一部汽车。我当时感觉到大家只是一股愤怒不知向谁发泄，恨政府无能，恨官吏卖国，这股恨只能在街上如醉如狂地发泄了。在这股洪流中没有人能保持冷静，此之谓"群众心理"。那部被打的汽车是冤枉的，可是后来细想也许不冤枉，因为至少那个时候坐汽车而不该挨打的人究竟为数不多。

六月三日、四日，北京学生千余人在天安门被捕，清华的队伍最整齐，所以集体被捕，所占人数也最多。

清华因为继续参加学生运动而引起学校当局的不满，校长张煜全先生也许是用人不当，也许是他自己过分慌张，竟趁学生晚间开会之际切断了电线。他以为这一着可以迫使学生散去，想不到激怒了学生，当时点起蜡烛继续开会，这是对当局之公然反抗。事有凑巧，会场外忽然发现了三五个衣裳诡异、打着纸灯笼的乡巴佬，经盘问后，原来是由学校当局请来的乡间"小锣会"来弹压学生的。所谓小锣会，即是乡村农民组织的自卫团体，遇有盗警之类的事变就以敲锣为号，群起抵抗，是维持地方治安的一种组织。糊涂的学校当局竟把这种人请进学校来对付学生，真是自寻烦恼。学生们把小锣会团团围住，让他们具结之后便把他们驱逐出校。但是驱逐校长的风潮也因此而爆发了。

"五四"往好处一变而为新文化运动，往坏处一变而为闹风潮。清华的风潮是赶校长。张煜全、金邦正接连着被学生列队欢送迫出校外，其后是罗忠诒根本未能到差。这一段时期学生领导人之最杰出者为罗隆基，他私下里常说"九年清华，三赶校长"是实有其事。清华的传统的管理学生的方式崩溃了，学生会的坚强组织变成学生生活的中心。学生自治也未始不是一个好的现象，不过罢课次数太多，一快到暑假就要罢课，有人讥笑我们是怕考试，然乎否乎根本不值一辩，不过罢课这个武器用得次数太多反而失去同情则确是事实。

五四运动原是一个短暂的爱国运动，热烈的、自发的、纯洁的，"如击石火，似闪电光"，很快地就过去了。可是年轻的学生经此刺激、震动而突然觉醒了，登时表现出一股蓬蓬勃勃的朝气，好像是蕴藏、压抑多年的情绪与生活力，一旦获得了迸发、奔放的机会，一发而不可收拾，沛然而莫之能御。当时以我个人所感到的而言，这一股力量在两点上有明显的表现：一是学生的组织，一是广泛的求知欲。

在这以前，学生们都是听话的乖孩子，对权威表示服从，对教师表示尊敬，对职员表示畏惧。我刚到清华的时候，见到校长周寄梅先生，真觉得战战兢兢，他自有一种威仪使人慑服。至今我仍然觉得他有极好的风度，在我所知道的几任清华校长之中，他是最令大家翕服的一个。学校的组织与规程，尽管有不合理处，学生们不敢批评，更不敢有公然反抗的举动。除了对于国文教师常有轻慢的举动以外，学生对一般教师是恭顺的，无论教师多么不称职，从没有被学生驱逐的。在中等科时，一位国文先生酒醉，拿竹板打了学生的手心，教务长来抢走了竹板，事情也就平息了。这事情若发生在今天那还了得！清华管理严格，记过、开除是经常有的事，一纸开除的布告贴出，学生乖乖地卷铺盖，只有一次例外。我同班的一位万同学，因故被开除，他跑到海淀喝了一瓶"莲花白"，红头涨脸地跑回来，正值斋务主任李胡子在饭厅和学生们一起用膳，就在大庭广众之下，上去一拳把他打倒在地。这是绝无仅有的一次"犯上作乱"的精彩表演。

"五四"以后情形完全不同了。首先要说起学校当局之颟顸无能。当局糊涂到用关灭电灯的方法来防止学生开会，召进乡间的"小锣会"，打着灯笼、拿着棍棒到学校里来弹压学生，这如何能令学生心服？周校长以后的几任校长，都是外交部派来的闲散的外交官，在做官方面也许是内行的，但是平素学问、道德未必能服人，遇到这动荡时代更不懂得青年心理，当然是治丝益棼，使事态恶化。数年之内，清华数易校长，每一位都是在极狼狈的情形之下离去的。学生的武器便是他们的组织——学生会。从前的班长、级长都是些当局属意的"墨盒"持有人，现在的学生会的领导者是些有组织能力的分子担当。所谓"团结即是力量"，道理是不错的。原来为了遂行爱国运动而组织起来的学生会，性质逐渐扩大，目标也逐渐转移了，学生要求自治，学生也要过问学校的事。清华的学生组织是相当健全的，分评议会与干事会两部分，评议会是决议机关，干事会是执行机关，评议员是选举的。我在清华最后几年一直是参加评议会的。我深深感觉"群众心理"是很可怕的，组织的力量如果滥用也是很可怕的。我们在短短期间内驱逐的三位校长，其中有一位根本未曾到校，他的名字是罗忠诒，不知什么人传出了消息，说他吸食鸦片烟，于是喧嚷开来，舆论哗然，吓得他未敢到任。人多势众的时候往往是不讲理的。学生会每逢到了五六月的时候，总要闹罢课的勾当。如果有人提出罢课的主张，不管理由是否充分，只要激昂慷慨一番，总会通过。罢课曾经是赢得伟大胜利的手段，到后来成了惹人厌恶的荒唐行为。不过清华的罢课当初也不是没有远大目标的。一九二二年三月间，罗隆基写了一篇《彻底翻腾的清华革命》，发表在北京《晨报》。翌年三月间由学生会印成小册子，并有梁任公先生及凌冰先生的序言，一致赞成清华应有一健全的董事会。可见清华革命之说确是合乎当时各方的要求。

嚣张是不需讳言的，但是求知的欲望也同时变得非常旺盛，对于一切的新知都急不暇择地吸收进去。我每次进城，在东安市场、劝业场、青云阁等处书摊旁边不知消磨多少时光，流连不肯去，几乎凡有新刊必定购置。不是我一人如此，多少敏感的青年学生都是如此。

我记得仔细阅读过的书刊包括有：胡适的《实验主义》《尝试集》《短篇小说集》《中国哲学史》，周作人的《欧洲文学史》《域外小说集》，王星拱的《科学方法论》，潘家询译的《易卜生戏剧》，"少年中国"的丛书，共学社的丛书，《晨报》丛书，等等。《新潮》《新青年》等杂志更不待言，是每期必读的。当然，那时候学力未充，鉴别无力，自己并无坚定的见地，但是扩充眼界，充实腹笥，总是一件好事。所以我那时看的东西很杂，进化论与互助论、资本论与安那其主义、托尔斯泰与萧伯纳、罗素与柏格森、泰戈尔与王尔德，兼收并蓄，杂糅无章。没有人指导，没有人讲解，暗中摸索，有时自以为发掘到宝藏而沾沾自喜，有时全然失去比例与透视。幸而，由于我的天生的性格，由于我的家庭的管教，我尚能分辨出什么是稳健的康庄大道，什么是行险侥幸的邪恶小径。三十岁以后，自己知道发愤读书，从来不敢懈怠，但是求知的热狂同"五四"以后的那一段期间仍然是无可比拟的。

因为探求新知过于热心，对于学校的正常的功课反倒轻视疏忽了。基本的科学不感兴趣，敷敷衍衍地读完一年生物学之后，对于物理、化学即不再问津，这一缺憾至今无法补偿。对于数学，我更没有耐心，自己给自己制造了一个借口曰："性情不近。"梁任公先生创"趣味说"，我认为正中下怀。我对数学不感兴趣，因此数学的成绩仅能勉强维持及格而并不觉得惭怍。不但此也，在英文班上读些文学名著，也觉得枯燥无味，莎士比亚的戏亦不能充分赏识，他的文字虽非死文字，究竟嫌古老些，哪有时人翻译出来的现代作品那样轻松？于是有人谈高尔华绥、萧伯纳、王尔德、易卜生，亦从而附和之；有人谈莫泊桑、柴霍甫、屠格涅夫、法朗士，亦从而附和之。如响斯应，如影斯随，追逐时尚，遑遑然不知其所届。这是"五四"以后之一窝蜂的现象，表面上轰轰烈烈，如花团锦簇，实际上不能免于浅薄幼稚。

七

清华学生全体住校，自成一个社团，故课外活动也就比较多些。我初进清华，对音乐、图画都很热心。教音乐的教师Miss Seeley循循善诱，仪态万千，是颇受学生欢迎的一个人。她令学生唱校歌（清华的校歌是英文的），以测验学生歌唱的能力，我一试便引起她的注意，因为我声音特高，而且我能唱出校歌两阕的全部歌词。后来我就当选为清华幼年歌咏团的团员。不知为什么，这位教师回国后就一直没有替人，同时我的嗓音倒了之后亦未能复原，于是从此我和音乐绝缘。教图画的教师先是一位Miss Starr，后是一位Miss Lyggate，教我们白描，教我们写生、炭画、水彩画。可惜的是我所喜欢的是中国画，并且到了中等科三年级，也就没有图画一课了。

我在图画、音乐上都不得发展，兴趣转到了写字上面去。在小学的时候，教师周士荣（香如）先生教我们写草书《千字文》，这是白折子九宫格以外的最有趣的课外作业；我的父亲又鼓励我涂鸦，因此我一直把写字当作一种享受。我在清华八年所写的家信，都是写在特制的宣纸信笺上，每年装订为一册，全是墨笔恭楷。这习惯一直维持到留学回国为止。有一天我和同学吴卓（鹄飞）、张嘉铸（禹九）商量，想组织一个练习写字的团体，吴卓写得一笔好赵字，张嘉铸写得一笔酷似张廉卿的魏碑体，众谋金同，于是我就着手组织，征求同好。我的父亲给我们起了一个名字，曰："清华戏墨社。"大字、小楷同时并进。包世臣的《艺舟双楫》、康有为的《广艺舟双楫》成了我的手边常备的参考书。我本来有早起的习惯，七点打起床钟，我六点就盥洗完毕，天蒙蒙亮，我和几位同学就走进自修室，正襟危坐，磨墨伸纸。如是者二年，不分寒暑，从未间断，举行过几次展览。我最初看吴卓临赵孟頫《天冠山图咏》，见猎心喜，但是我父亲不准我写，认为应先骨格而后妩媚，要我写颜真卿的《争座位》和柳公权的《玄秘塔》，同时供给我大量的珂罗版的汉碑，主要的是张迁碑、白石神君碑、孔庙碑，而以曹全碑殿后。这样临摹了两年，孤芳自赏，但愧未能持久。本无才力，终鲜功夫，至今拿起笔杆不能运用自如，是一憾事。

清华不是教会学校，所以并没有什么宗教气氛，但是有些外国教师及一些热心的中国人仍然不忘传教。例如查经班、青年会之类均应有尽有。可是同时也有一批国粹派，出面提倡孔教以为对抗。我对于宗教没有兴趣，不过于耶教、孔教二者，若是必须做一选择，我宁取后者，所以我当时便参加了一些孔教会的活动，例如在孔教会附设的贫民补习班和工友补习班里授课之类。不过孔子的学说根本不能构成宗教，所谓国教运动尤其讨厌。

"五四"以后，心情丕变。任何人在青春时期都会"怨黄莺儿作对，怪粉蝶儿成双"，都会变成一个诗人。我也在荷花池畔开始吟诗了。有一首诗就题为《荷花池畔》，后来发表在《创造季刊》第四期上。我从事文艺写作是在我进入高等科之初，起先是几个朋友（顾毓琇、张忠绂、翟桓等）在校庆日之前，凑热闹翻译了一本《短篇小说作法》。这是一本没有什么价值的书，不知为何选中了它。我们的组织定名为"小说研究社"，向学校借占了一间空的寝室作为会所。后来我们认识了比我们高两级的闻一多，是他提议把小说研究社改为"清华文学社"，添了不少新会员，包括朱湘、孙大雨、闻一多、谢文炳、饶子离、杨子惠等。闻一多是个多才多艺的人，他不仅年纪比我们大两岁，在心理的成熟方面以及学识、修养方面，都比我们不止大两岁，我们都把他当作老大哥看待。他长于图画，而国文根底也很坚实，作诗仿韩昌黎，硬语盘空、雄浑恣肆，而情感丰富、正直无私。这时候，我和一多都大量地写白话诗，朝夕观摩，引为乐事。我们对于当时的几部诗集颇有一些意见，《冬夜》里有"被窝暖暖的，人儿远远的"之句，《草儿》里有"旗呀，旗呀，红黄蓝白黑的旗呀！"这样的一首，还有"如厕是早起后第一件大事"之句，我们都认为俗恶不堪；就诗论诗，倒是《女神》的评价最高。基于这一点意见，一多写了一篇长文《〈冬夜〉评论》，由我寄给北京《晨报副刊》（孙伏园编）。我们很天真，以为报纸是公开的园地，我们以为文艺是可以批评的，但事实不是如此。稿寄走之后，如石落大海。杳无音讯，几番函询亦不得复音。幸亏尚留底稿。我决定自行刊印，自己又写了一篇《〈草儿〉评论》，合为《〈冬夜〉〈草儿〉评论》，薄薄的一百多页，用去印刷费百余元，是我父亲供给我的。这一小册的出版引起两个反响，一个是《努力周报》署名"哈"的一段短评，当然是冷嘲热骂，一个是创造社《女神》作者的来信赞美。由于此一契机，我认识了创造社诸君。

我有一次暑中送母亲回杭州，路过上海，到了哈同路民厚南里，见到郭、郁、成几位。我惊讶的不是他们生活的清苦，而是他们生活的颓废，尤以郁为最。他们引我从四马路的一端，吃大碗的黄酒，一直吃到另一端，在大世界追野鸡，在堂子里打茶围，这一切对于一个清华学生是够恐怖的。后来郁达夫到清华来看我，要求我两件事，一是访圆明园遗址，一是逛北京的四等窑子。前者我欣然承诺，后者则清华学生素无此等经验，未敢奉陪（后来他找到他的哥哥的洋车夫陪他去了一次，他表示甚为满意云）。

差不多同时，我也由于通信而认识了南京高师的胡昭佐（梦华），由于他而认识了吴宓（雨僧）。后来又认识了梅光迪（迪生）、胡先骕（步曾）诸位。对于南京一派比较守旧的思潮，我也有一点同情，并不想把他们一笔抹杀。

我的父亲总是担心我的国文根底不够，所以每到暑假他就要我补习国文。我的教师是仪征陈止（孝起）先生，他的别号是大镫，是一位纯旧式的名士，诗词文章无所不能，尤好收集小品古董，家里满目琳琅。我隔几天送一篇文章请他批改，偶然也作一点旧诗。但是旧文学虽然有趣，我可以研究、欣赏，却无模拟的兴致，受过"五四"洗礼的人是不能再回复到以前的那个境界里去了。

八

临毕业前一年是最舒适的一年，搬到向往已久的大楼里面去住，别是一番滋味。这一部分的宿舍有较好的设备，床是钢丝的，屋里有暖气炉，厕所里面有淋浴，有抽水马桶。不过也有人不能适应抽水马桶，以为做这种事而不采取蹲的姿势是无法完成任务的（我知道顾德铭即是其中之一，他一清早就要急急忙忙跑到中等科去"照顾"那九间楼）。可见吸收西方文化也并不简单，虽然绝大多数的人是乐于接受的。

和我同寝室的是顾毓琇、吴景超、王化成，四个少年意气扬扬共居一室，曾经合照过一张相片，坐在一条长凳上，四副近视眼镜，四件大长袍，四双大皮鞋，四条翘起来的大腿，一派生愣的模样。过了二十年，我们四个在重庆偶然聚首，又重照了一张。当时大家就意识到这样的照片一生中怕照不了几张。当时约定再过二十年一定要再照一张。现在拍照第三张的时期已过，而顾毓琇定居在美国，王化成在葡萄牙任"公使"多年之后病殁在美国，吴景超在大陆上，四人天各一方，萍踪漂泊，再聚何年？今日我回忆四十年前的景况，恍如昨日：顾毓琇以"一樵"的笔名忙着写他的《芝兰与茉莉》，寄给文学研究会出版；我和景超每星期都要给《清华周刊》写社论和编稿。提起《清华周刊》，那也是值得回忆的事。我不知哪一个学校可以维持出版一种百八十页的周刊，历久而不停，里面有社论，有专文，有新闻，有通讯，有文艺。我们写社论常常批评校政，有一次我写了一段短评，鼓吹男女同校，当然不是为私人谋，不过措辞激烈了一点，对校长之庸弱无能大肆抨击。那时的校长曹云祥先生（好像是做过丹麦公使，娶了一位洋太太，学问、道德如何，则我不大清楚）大为不悦，召吴景超去谈话，表示要给我记大过一次。景超告诉他："你要处分是可以的，请同时处分我们两个，因为我们负共同责任。"结果是采官僚作风，不了了之。我喜欢文学，清华文学社的社员经常有作品产生。不知我们这些年轻人为什么有那样大的胆量，单凭一点点热情，就能振笔直书从事创作。这些作品经由我的安排，便大量地在周刊上发表了，每期有篇幅甚多的文艺一栏自不待言，每逢节日还有特刊、副刊之类，一时文风甚盛。这却激怒了一位同学（梅汝璈），他投来一篇文章《辟文风》。我当然给他登出来，然后再辟而辟之。我之喜欢和人辩驳问难，盖自此时始，我对于写稿和编辑刊物也都在此际得到初步练习的机会。周刊在经济方面是学校支持的，这项支出有其教育的价值。

　　我以《清华周刊》编者的名义，到城里陟山门大街去访问胡适之先生。缘因是梁任公先生应《清华周刊》之请，写了一个国学必读书目，胡先生不以为然，公开地批评了一番。于是我径去访问胡先生，请他也开一个书目。胡先生那一天病腿，躺在一张藤椅上见我，满屋里堆的是线装书。这是我第一次见到胡先生，清癯的面孔，和蔼而严肃。他很高兴地应了我们的请求。后来我们就把他开的书目发表在《清华周刊》上了。这个书目引出吴稚晖先生的一句名言："线装书应该丢到茅厕坑里去！"

　　我必须承认，在最后两年实在没有能好好地读书，主要的原因是心神不安。我在这时候经人介绍认识了程季淑女士，她是安徽绩溪人，刚从女子师范毕业，在女师附小教书。我初次和她会晤是在宣外珠巢街女子职业学校里。那时候男女社交尚未公开，双方家庭也是相当守旧的，我和季淑来往是秘密进行的，只能在中央公园、北海等地约期会晤。我的父亲知道我有女友，不时地给我接济，对我帮助不少。我的三妹亚紫在女师大，不久和季淑成了很好的朋友。青春初恋期间，谁都会神魂颠倒，睡时、醒时、行时、坐时，无时不有一个倩影盘踞在心头，无时不感觉热血在沸腾，坐卧不宁，寝食难安，如何能沉下心读书？"一日不见，如三秋兮！"更何况要等到星期日才能进得城去谋片刻的欢会？清华的学生有异性朋友的很少，我是极少数特殊幸运的一个。因为我们每星期日都风雨无阻地进城去会女友，李迪俊曾讥笑我们为"主日派"。

对于毕业出国，我一向视为畏途。在清华有读不完的书，有住不腻的环境，在国内有舍不得离开的人，那么又何必去父母之邦？所以和闻一多屡次商讨，到美国那样的汽车王国去，对于我们这样的人有无必要？会不会到了美国被汽车撞死为天下笑？一多先我一年到了美国，头一封来信劈头一句话便是："我尚未被汽车撞死！"随后劝我出国去开开眼界。事实上，清华也还没有过毕业而拒绝出国的学生。我和季淑商量，她毫不犹豫地劝我就道，虽然我们知道那别离的滋味是很难熬的。这时候我和季淑已有成言，我答应她，三年为期，期满即行归来。于是我准备出国。季淑绣了一幅《平湖秋月图》给我，这幅绣图至今在我身边。

出国就要治装，我不明白为什么外国人到中国来不需治中装，而中国人到外国去就要治西装。清华学生平素没有穿西装的，都是布衣、布褂，我有一阵还外加布袜、布鞋。毕业期近，学校发一笔治装费，每人约三五百元之数，统筹办理，由上海恒康西服庄派人来承办。不匝月而新装成，大家纷纷试新装，有人缺领巾，有人缺衬衣，有的肥肥大大如稻草人，有的窄小如猴子穿戏衣，真可说得上是"沐猴而冠"。这时节我怀想红顶花翎朝靴袍褂出使外国的李鸿章，他有那一份胆量不穿西装，虽然翎顶袍褂也并非是我们原来上国衣冠。我有一点厌恶西装，但是不能不跟着大家走。在治装之余，我特制了一面长约一丈的绸质大国旗——红黄蓝白黑的五色旗。这在后来派了很大的用场，在美国好多次集会（包括孙中山先生逝世时纽约中国人的追悼会）都借用了我这一面特大号的国旗。

到了毕业那一天（六月十七日），每人都穿上白纺绸长袍、黑纱马褂，在校园里穿梭般走来走去，像是一群花蝴蝶。我毕业还不是毫无问题的。我和赵敏恒二人因游泳不及格，几乎不得毕业，我们临时苦练，豁出去喝两口水，连爬带泳，凑合着也补考及格了，体育教员马约翰先生望着我们两个人只是摇头。行毕业礼那天，我还是代表全班的三个登台致辞者之一。我的讲词规定是预言若干年后同学们的状况，现在我可以说，我当年的预言没有一句是应验了的！例如：谢奋程之被日军刺杀，齐学启之殉国，孔繁祁之被汽车撞死，盛斯民之疯狂以终，这些倒霉的事固然没有料到，比较体面的事如孙立人之于军事，李先闻之于农业，李方桂之于语言学，应尚能之于音乐，徐宗涑之于水泥工业，吴卓之于糖业，顾毓琇之于电机工程，施嘉炀之于土木工程，王化成、李迪俊之于外交……均有卓越之成就，而当时也并未窥见端倪。至于区区我自己，最多是小时了了，到如今一事无成，徒伤老大，更不在话下了。毕业那一天有晚会，演话剧助兴，剧本是顾一樵临时赶编的三幕剧《张约翰》。剧中人物有女性二人，谁也不愿担任，最后由我和吴文藻承乏。我的服装有季淑给我缝制的一条短裤和短裙，但是男人穿高跟鞋则尺寸不合无法穿着，最后向Miss

Lyggate借来一试，还略嫌松一点点。演出时我特请季淑到校参观，当晚下榻学生会办公室。事后我问她我的表演如何，她笑着说："我不敢仰视。"事实上这不是我第一次演戏，前一年我已经演过陈大悲编的《良心》，导演人即是陈大悲先生。不过串演女角，这是生平仅有的一次。

拿了一纸文凭便离开了清华园，不知道是高兴还是哀伤。两辆人力车，一辆拉行李，一辆坐人，在骄阳下一步一步地踏向西直门，心里只觉得空虚怅惘。此后两个月中酒食征逐，意乱情迷，紧张过度，遂患甲状腺肿，眼珠突出，双手抖颤，积年始愈。

家父给了我同文书局石印大字本的前四史，共十四函，要我在美国课余之暇随便翻翻，因为他始终担心我的国文根底太差。这十四函线装书足足占我大铁箱的一半空间。这原是吴稚晖先生认为应该丢进茅厕坑里去的东西，我带过了太平洋，又带回了太平洋，差不多是原封未动缴还给家父，实在好生惭愧。老人家又怕在美膏火不继，又给了我一千元钱，半数买了美金硬币，半数我在上海用掉。我自己带了一具景泰蓝的香炉、一些檀香木和粉，因为我认为这是中国文化中最好的一项代表性的艺术品。我一向向往"焚香默坐"的那种境界。这一具香炉，顶上有一铜狮，形状瑰丽，闻一多甚为欣赏，后来我在科罗拉多和他分手时便举以相赠。我又带了一对景泰蓝花瓶，后来为了进哈佛大学的缘故，在暑期中赶补拉丁文，就把这对花瓶卖了五十元美金充学费了。此外我还在家里搜寻了许多绣活和朝服上的"黻子"，后来都成了最受人欢迎的礼物。

一九二三年八月里，在凄风苦雨里的一天早晨，我在院里走廊上和弟妹们吹了一阵胰子泡，随后就噙着泪拜别父母，起身到上海候船放洋。在上海停了一星期，住在旅馆里写了一篇纪实的短篇小说，题为《苦雨凄风》，刊在《创造周报》上。我这一班，在清华是最大的一班，入学时有九十多人，上船时淘汰剩下六十多人了。登"杰克逊总统"号的那一天，船靠在浦东，创造社的几位到码头上送我。住在嘉定的一位朋友派人送来一面旗子，上面亲自绣了"乘风破浪"四个字。其实我哪里有宗悫的志向？我愧对那位朋友的期望。

清华八年的生涯就这样地结束了。

听戏、看戏、读戏

我小时候喜欢听戏，在北平都说听戏，不说看戏。真正内行的听众，他不挑拣座位，在池子里能有个地方就行。"吃柱子"也无所谓，在边厢暗处找个座位就可以，沏一壶茶，眯着眼，歪歪斜斜地缩在那里——听戏。实际上他听的不是戏，是某一个演员的唱。戏的主要部分是歌唱。听到一句回肠荡气的唱腔，如同搔着痒处一般，他会猛不丁地带头喊一声："好！"若是听到不合规矩荒腔走板的调子，他也会毫不留情地送上一个倒彩。真是曲有误，周郎顾。

我没有那份素养，当然不足以语此，但是我在听戏之中却是得到了一种精神上的满足。我自己虽不会唱，顶多是哼两声，却常被那节奏与韵味所陶醉。凡是爱听戏的人都有此经验。戏剧之所以能掌握住大众的兴趣，即以此故，戏的情节没有太大的关系，纵然有迷信的成分或是不大近情近理，都没有关系，反正是那百十来出的戏，听也听熟了，要注意的是演员之各有千秋的唱功。甚至演员的扮相也不重要，例如德珺如的小生，那张驴脸实在令人不敢承教，但是他唱起来硬是清脆可听。至于演员的身段、化妆、行头，以及台上的切末道具，更是次焉者也。

因为戏的重点在唱，而唱功优秀的演员不易得，且其唱功一旦登峰造极，厥后在剧界即有难以为继之叹，一切艺术皆是如此。自民初以后，戏剧一直在走下坡。其式微之另一个原因是观众的素质与品位变了。戏剧的盛衰，很大部分取决于观众，此乃供求之关系，势所必至。而观众受社会环境变迁之影响，其素质与品位又不得不变。新文化运动以来，论者对于戏剧常有微辞，或指脸谱为野蛮的遗留，或谓剧情不外奖善惩恶之滥调，或目男扮女角为不自然，或诋剧词之常有鄙陋不通之处，诸如此类，皆不无见地，然实未搔着痒处。也有人倡为改良之议，诸如修改剧本，润色戏词，改善背景，增加幔幕，遮隔文武场面等等，均属可行，然亦未触及基本问题之所在。我们的戏属于歌剧类型，其灵魂在唱歌。这样的戏被这样的观众所长期地欣赏，已成为我们的传统文化的一个项目。是传统，即不可轻言更张。振衰起敝之道在于有效地培养演员，旧的科班制度虽非尽善，有许多地方值得保存。俗语说："三年出一个状元，三十年不见得能出一个好演员。"人才难得，半由天赋，半由苦功。培养演员，固然不易，培养观众其事尤难，观众的品位受多方的影响，控制甚难。大势所趋，歌剧的前途未可乐观。

戏还是要看的，不一定都要闭着眼睛听。不过我们的戏剧的特点之一是所有动作多以象征为原则，不走写实的路子。因为戏剧受舞台构造的限制，三面都是观众，无幕无景，地点可以随时变，所以不便写实。说它是原始趣味也可，说它具有象征艺术的趣味亦可。这种作风怕是要保留下去的。记得尚小云有一回演《天河配》，在"出浴"一场中，这位高头大马的演员穿着紧身的粉红色卫生衣裤真个地挥动纱带作出水芙蓉状。有人为之骇然，也有人为之鼓掌叫绝。我觉得这是旧剧的堕落。

话剧是由外国引进来的东西。旧剧即使不堕落，话剧的兴起，其势也是不可遏的。话剧的组成要件是动作与对白，和歌剧大异其趣。从文明新戏起到晚近的话剧运动，好像尚未达到成熟的阶段。其间有很长一段是模仿外国作品，也模仿易卜生，也模仿奥尼尔，似是无可讳言。话剧虽然不唱，演员的对白却不是简单事，如何咬字吐音，使字字句句送到全场观众的耳边，需要研究苦练，同时也需要天赋。话剧常常是由学校领头演出，中外皆然，当然学校戏剧也常有非常出色的成绩，不过戏剧演出必须职业化，然后才能期望有较高的艺术水准。

话剧的主流是写实的，可以说是真正的"人生的模拟"。故导演的手法、背景的安排、灯光的变化、服装的设计，无一不重要，所以制造戏剧的效果，使观众从舞台上的表演中体会出一段有意义的人生。戏剧不可过分迎合观众趣味，否则其娱乐性可能过分增高，而其艺术的严重性相当地减少。

在现代商业化的社会里，话剧的发展是艰苦的。且以英国著名演员劳伦斯·奥利维尔爵士为例，他的表演艺术在如今是登峰造极的一个，他说："我现在拍电影，人们总是在报上批评我。'为什么拍这些垃圾？'我告诉你什么原因：找钱送三个孩子上学，养家，为他们将来有好日子……"奥利维尔如此，其他演员无论矣。我们此时此地倡导话剧，首要之因是由政府建立现代化的剧院，不妨是小剧院，免费供应演出场地，或酌量少收费用，同时鼓励成立"定期换演剧目的剧团"，使演剧成为职业化，对于演员则大幅提高其报酬，使不至于旁骛。

戏本是为演的，不是为看的。所以剧本一向是剧团的财产之一部，并不要发表出来以供众览。科班里教戏是靠口授，而且是授以"单词"，不肯整出地传授，所拥有的全剧钞本什袭珍藏唯恐走漏。从前外国的剧团也是一样，并不把剧本当作文学作品看待。把戏剧作品当作文学的一部门，是比较晚近的事。

读剧本，与看舞台上演，其感受大不相同。舞台上演，不过是两三小时的工夫，其间动作语言曾不少停，观众直接立即获得印象。有许多问题来不及思考，有许多词句来不及品赏。读剧本则可从容玩味，发现许多问题与意义。看好的剧本在舞台上做有效的表演，那才是最理想的事。戏剧本来是以演员为主要支柱，但是没有好的剧本则表演亦无所附丽。剧本的写作是创造，演员的艺术是再创造。

戏剧被利用为宣传工具，自古已然。可以宣传宗教意识，可以宣传道德信条，驯至晚近可以宣传种种的政治与社会思想。不过戏剧自戏剧，自有其本身的文艺的价值。易卜生写《傀儡家庭》，妇女运动家视为最有力的一个宣传，但是据易卜生自己说，他根本没有想到过妇女运动。戏剧作家，和其他作家一样，需要自由创作的环境。戏剧的演出，像其他艺术活动一样，我们也应该给予最大的宽容。

过年

我小时候并不特别喜欢过年，除夕要守岁，不过十二点不能睡觉，这对于一个习于早睡的孩子是一种煎熬。前庭后院挂满了灯笼，又是宫灯，又是纱灯，烛光辉煌，地上铺了芝麻秸儿，踩上去咯咯吱吱响，这一切当然有趣，可是寒风凛冽，吹得小脸儿通红，也就很不舒服。炕桌上呼卢喝雉，没有孩子的份。压岁钱不是白拿，要叩头如捣蒜。大厅上供着祖先的影像，长辈指点曰："这是你的曾祖父、曾祖母、高祖父、高祖母……"虽然都是岸然道貌微露慈祥，我尚不能领略慎终追远的意义。"姑娘爱花，小子要炮……"我却怕那大麻雷子、二踢脚子。别人放鞭炮，我躲在屋里捂着耳朵。每人分一包杂拌儿，哼，看那桃脯、蜜枣沾上的一层灰尘，怎好往嘴里送？年夜饭照例是特别丰盛的。大年初几不动刀，大家歇工，所以年菜事实上即是大锅菜。大锅的炖肉，加上粉丝是一味，加上蘑菇又是一味；大锅的炖鸡，加上冬笋是一味，加上番薯又是一味，都放在特大号的锅、罐子、盆子里，此后随取随吃，大概历十余日不得罄，事实上是天天打扫剩菜。满缸的馒头，满缸的腌白菜，满缸的咸疙瘩，不知道什么时候才可以见底。芥末墩儿、素面筋、十香菜比较地受欢迎。除夕夜，一交子时，煮饽饽端上来了。我困得低枝倒挂，哪有胃口去吃？胡乱吃两个，倒头便睡，不知东方之既白。

初一特别起得早，梳小辫儿，换新衣裳，大棉袄加上一件新蓝布罩袍、黑马褂、灰鼠绒绿鼻脸儿的靴子。见人就得请安，口说"新喜"。日上三竿，骡子轿车已经套好，跟班的捧着拜匣，奉命到几家最亲近的人家拜年去也。如果运气好，人家"挡驾"，最好不过，递进一张帖子，掉头就走。否则一声"请"，便得升堂入室，至少要朝上磕三个头，才算礼成。这个差事我当过好几次，从心坎儿觉得窝囊。

民国前一两年，我的祖父母相继去世，由我父亲领导在家庭生活方式上做维新运动，革除了许多旧习，包括过年的仪式在内。我不再奉派出去挨门磕头拜年。我从此不再是"磕头虫"。过年不再做年菜，而向致美斋定做八道大菜及若干小菜，分装四个圆笼，除日挑到家中，自己家里也购备一些新鲜菜蔬以为辅佐。一连若干天顿顿吃煮饽饽的怪事，也不再在我家出现。我父亲说："我愿在哪一天过年就在哪一天过年，何必跟着大家起哄？"逛厂甸，我们是一定要去的，不是为了喝豆汁儿、吃煮豌豆，或是那大糖葫芦，是为了要到海王村和火神庙去买旧书。白云观我们也去过一次，一路上吃尘土，庙里面人挤人，哪里有神仙可会，我再也不做第二次想。过年时，我最难忘的娱乐之一是放风筝，风和日丽的时候，独自在院子里挑起一根长竹竿，一手扶竿，一手持线桃子，看着风筝冉冉上升，御风而起，一霎时遇到罡风，稳稳地停在半天空，这时候虽然冻得涕泗横流，而我心滋乐。

民国元年（1912年）初，大总统袁世凯唆使曹锟驻禄米仓部队兵变，大掠平津，那一天正是阴历正月十二，给万民欢腾的新年假期做了一个悲惨而荒谬的结束，从此每个新年我心里就有一个驱不散的阴影。大家都说恭贺新禧，我不知喜从何来。

东安市场

北平的东安市场，本地人简称为"市场"，因为当年北平内城里像样子的市场就只有这么一个，西城也有一个西安市场，那是后来兴建的，而且里面冷冷落落，十摊九空，不能和东安市场相比。北平的繁盛地区历来是在东城。

我家住的地方离市场很近，步行约二十分钟，出胡同口转两个弯，就到了。市场的地点是在王府井大街金鱼胡同西口的把角处。我十岁左右的时候，常随同兄弟姊妹溜达着去买点什么吃点什么或是闲逛一番。

东安市场有四个门，金鱼胡同口内的是后门（也称北门），王府井大街的是前门，前门往南不远有个不大显眼的中门，再往南有个更不大显眼的南门。

进前门，左手是市场管理处，属京师警察厅左一区。墙上吊挂着一排蓝布面的记事簿子，公事桌旁坐着三两警察，看样子很悠闲。照直往前走，短短一截路，中间是固定的摊贩，两边是店铺。这条短路衔接着南北向的一条大路，这大路是市场的主干线。路中间有密密丛丛的固定摊贩，两边都是店铺。路面是露天的，可是各个摊贩都设法支起一个布帐篷，连接起来也可以避骄阳细雨。直到一九一二年二月间（辛亥年正月十二日），大总统袁世凯唆使陆军第三镇曹锟驻禄米仓部队兵变，大掠平津，东安市场首当其冲，不知为什么抢掠之后还要付之一炬。那一晚我在家里看到熊熊大火起自西南，黑的白的浓烟里冒着金星，还听得到噼噼啪啪地响。这一把火把市场烧成一片焦土。可是俗语说"烧发，烧发"，果不其然，不久市场重建起来了，比以前更显得整齐得多。布帐篷没有了，改为铅铁棚，把整条街道都遮盖起来，不再受天气的影响。有一点像现今美国的所谓mall（商场街），只是规模简陋许多，没有空气调节。

我逛市场总是从后门进去，一进门，觌面就是一个水果摊，除了各色水果堆得满坑满谷之外，还有应时的酸梅汤、玻璃粉、果子干，以及山里红汤、温遫、炒红果、糊子糕、蜜饯杏干、蜜饯海棠，当然冬天还有各样的冰糖葫芦。这些东西本来大部分是干果子铺或水果店发卖的货色，按照北平老规矩，上好的水果都是藏在里面的，摆在外面的是二等货，识货的主顾一定要坚持要头等货，伙计才肯到里面拿出好货色来，这就是"良贾深藏若虚"的道理。市场的水果摊则不然，好货色全摆在外面，次货藏在桌底下。到市场买水果很容易上当，通常两个卖主应付一个买主，一个帮助买主挑挑拣拣，好话说尽，另一个专管打蒲包，手法利落，把已拣好的好货塞到桌下，用次货掉包，再不然就是少放几个，买主回家发现徒呼负负而已。北平买卖人道德低落在民初即已开始，市场是最好的奸商表演特技的地方。不过市场的货色，至少从表面上看，是很漂亮诱人的。即以冰糖葫芦而论，除了琉璃厂信远斋的比较精致之外，没有比市场更好的。再往前走几步，有个卖豌豆黄的，长方的一块块，上面贴上一层山楂糕，装在纸匣里带回家去是很可口的一样甜点。

进后门右手有一座四层楼，也是火烧后的新建筑。这楼名为"森隆"，算是市场最高大的建筑物了。楼下一层是稻香村，顾名思义是专卖南货。当年北平卖南货的最初是前门外观音街的稻香村，道地的南货，店伙都是杭州人，出售的货色不外笋尖、素火腿、沙胡桃、甘草橄榄、半梅、笋豆、香蕈、火腿之类，附带着还卖杭垣舒莲记的折扇。沿街也偶有卖南货的跑单帮的小贩。森隆的稻香村虽是后起，规模不小，除了南货也有北货。特制的糟蛋、醉蟹等都很出色。森隆楼上是餐馆，二楼中餐，三楼西餐，四楼素食。西菜很特别，中国菜味十足，显得土气，吃不惯道地西菜的人趋之若鹜。

进后门左转照直走，就看见吉祥茶园。当年富连成的科班经常在此上演，小孩儿戏常是成本大套的，因为人多，戏格外热闹，尤其是武戏，孩子们是真卖力气。谭富英、马连良出师不久常在这里演唱。戏园所在的地方，附近饮食业还能不发达？东来顺、润明楼就在左边。东来顺是回教馆，以氽烤羊肉驰名，其实只是一个中级的馆子，价钱便宜，为大众所易接受，讲到货色就略嫌粗糙，片羊肉没有正阳楼片得薄，一切佐料也嫌简陋。因为生意好，永远是乱哄哄的，堂倌疲于奔命，顾客望而生畏。润明楼就更等而下之，只好以里脊丝拉皮为号召了，只是门前现烙现卖的褡裢火烧却是别处没有的，虽然油腻一点。右边有一家大鸿楼，比较晚开的，长于面点，所做的大肉面，汤清碗大，那一块红亮的大块肥瘦肉，酥烂香嫩，一块不够可以双浇，大有上海的风味，爆鳝过桥也是一绝。

从吉祥戏院门口向右一转是一片空场，可是一个好去处。零食摊贩一个挨着一个。豆汁儿、灌肠、爆肚儿、豆腐脑、豆腐丝，应有尽有。最吸引人的是广场里卖艺的，耍坛子的、拉大片的、耍狗熊的、耍猴儿的，还有变戏法的。我小时候常和我哥哥到市场看变戏法的，对于那神出鬼没无中生有的把戏最感兴味。有一天寒风凛冽，一大群人围观，以小孩居多。变戏法的忽然取出一条大蛇，真的活的大蛇，举着蛇头绕场巡走一周，一面高呼："这蛇最爱吃小孩的鼻涕！"在场的小孩一个个地急忙举起袖子揩鼻涕，群众大笑。变戏法的在紧要关头倏地停止表演，拿起小锣就敲："喤！喤！喤！""财从旺地起，请大家捧捧场！"坐在前排凳上的我哥哥和我从衣袋里掏出几个铜板往场地一丢，这时候场地上只有疏疏落落的二三十个铜板，通常一个人投一个铜板也就够了，我们俩投了四五个，变戏法的登时走了过来，高声说："列位看见了吗，这两位哥儿们出手多大方！"这时候后面站着的观众一个个的拔腿就跑，变戏法的又高声叫："这几位爷儿们不忙着跑啊，家里蒸着的窝头焦不了！"但是人还是差不多都跑光了。

从后门进来照直走，不远，右手有一家中兴号，本来是个绒线铺，实际上卖一切家用杂货，货物塞得满满的，生意茂盛。店主傅心斋精明强干，长袖善舞，交游广阔，是东安市场的一霸。绒线铺生意太好，他便在楼上开辟出一个中兴茶楼，在绒线铺中央安装一个又窄又陡的木梯，缘梯而上，直登茶楼。茶楼当然是卖茶，逛市场可以在此歇歇腿儿，也可以教伙计买各种零食送到楼上来，楼上还有几个雅座。傅掌柜的花样多，不久他卖起西餐来了。他对常来的茶客游说："您尝尝我们的咖喱鸡，我现在就请您赏脸，求您品题，不算钱，您吃着好，以后多照顾。"一吃，果然不错。那时候在北平，吃西餐算时髦，一般人只知道咖喱的味道不错，不知道咖喱是什么东西，还以为咖喱是一种植物的果实，磨成粉就是咖喱粉，像咖啡豆之磨成咖啡那样。傅掌柜又说："您吃着好，以后打个电话我们就送到府上，包管是滚热的，多给您带汤。"一块钱可以买四只小嫩鸡煮的整只咖喱鸡，一大锅汤。不久他又有了新猷："您尝尝我们的牛扒。是从六国饭店请来的师傅。半生不熟的、外焦里嫩的、煎得熟透的，任凭您选择。"牛扒是北平的词儿，因为上海人读"排"为"扒"，北平人干脆写成为"牛扒"。中兴茶楼又拓展到对面的一层楼上，场面愈大，也学会了西车站食堂首创的奶油栗子粉。这一道甜点心，没人不欢迎，虽然我们中国的奶油品质差一点，打起来稀趴趴的不够坚实。

中兴的后身有两座楼，一个是丹桂商场，一个我忘了名字。这两座楼方形，中间是摊贩的空场，一个专卖七零八碎的小古董小玩意儿，一个是卖旧书。古董里可真有好东西，一座座玻璃罩的各种形式的座钟，虽然古老，煞是有趣。古钱币、鼻烟壶、珠宝景泰蓝等也不少。价钱没有一定，一般人不敢问津。北平特产的小宝剑小挎刀是非常可爱的。我在摊子上买到过一个硬木制的放风筝用的线桃子，连同老弦，用了多少年都没有坏，而且使用起来灵活可喜。我也在书摊上买到过好几部明刻本诗集，有一部铅字排的仇注杜诗随身携带至今，书页都变成焦黄色了。

斜对着中兴有一家葆荣斋，卖西点，所做菠萝蛋糕、气鼓、咖啡糕等等都还可以，只是粗糙一些，和法国面包房的东西不能比。老板姓氏不记得了，外号人称"二愣子"，有人说他是太监，是否属实不得而知。市场西点后起的还有两家，起士林和国强，兼做冷饮小吃，年轻的人喜欢去吃点冰激凌什么的。有一家丰盛轩酪铺，虽不及门框胡同的，在东城也算是够标准的了，好像比东四牌楼南大街的要高明些。

越过起士林往南走，是一片空地，疏疏落落的有些草木，东头有一个集贤球房，远远的可以听到辘辘响，那是保龄球，据说那里也有台球。我从来没有进去过。那个时代好像只有纨绔子弟或市井无赖才去那种地方玩耍。

逛市场到此也差不多了，出南门便是王府井大街，如有兴致可以在中原公司附近一家茶馆听白云鹏唱大鼓，刘宝全不在了，白云鹏还唱一气，老气横秋，韵味十足。那家茶馆设备好，每位客人占大沙发一个，小茶几一个，舒适至极。

听完大鼓，回头走，走到金鱼胡同口，宝华春的盒子菜是有名的，酱肘子没有西单天福的那样肥，可是一样的烂，熏鸡、酱肉、小肚、熏肘、香肠无一不精，各买一小包带回家去下酒卷饼，十分美妙。隔壁天义顺酱园在东城一带无人不知，糖蒜固然好，甜酱萝卜更耐人寻味，北平的萝卜（象牙白）品质好，脆嫩而水分少，而且加糖适度，不像日本的腌渍那样死甜，也不像保定府三宗宝之一的酱菜那样死咸。我每次到杭州我舅舅家去，少不了带点随身土物，一整块宝华春青酱肉，一大篓天义顺酱萝卜，外加一盆月盛斋酱羊肉，两个大苤蓝，两把炕笤帚。这几样东西可以代表北平风物之一斑。

现在的北平变了。最近去过的人回来报道说，东安市场的名字没有了，原来的模样也不存在，许多许多好吃好玩的事物也徒留在记忆里，只是那块土地无恙。儿时流连的地方，悠闲享受的所在，均已去得无影无踪。仅仅三四十年的工夫，变化真大！

动物园

我爱逛动物园。从前北平西直门外有个三贝子花园，后来改建为万牲园，再后来为农业试验所。我小时候正赶上万牲园全盛时代。每逢春秋佳日父母辄带着我们几个孩子去逛一次。

万牲园门口站着两个巨人，职司剪票。他们究竟有多高，已不记得，不过从稚小的孩子眼里看来，仰而视之，高不可攀，低头看他的脚大得吓人！两个巨人一胖一瘦，都神情木然，好像是陷入了"小人国"，无可奈何地站在那里。万牲园的主事者找到这两个"巨无霸"把头关，也许是把他们当作珍禽异兽一般看待，供人观赏。至少我每次逛万牲园，最兴奋的第一桩事就是看那两位巨人。可惜没有三五年两人都先后谢世，后起无人，万牲园为之大为减色。

走进大门，入口有二，左为植物园，右为动物园。两园之间有路可通，游人先入动物园，然后循线入植物园，然后出口。中间还有一条沟渠一般的小河，可以行船，游人纳费登舟，可略享水上漂浮之趣。登船处有一小亭，额曰"松风水月"，未免小题大做。有河就不能没有桥，在畅观楼前面就起了一座相当高大的拱桥，俗所谓"罗锅桥"。桥本身不错，放在那里却有一些不伦不类。

植物园其实只是一个苗圃，既无古木参天，亦无丘陵起伏，一片平地，黄土成陇而已。但是也有两个建筑物。一个是畅观楼，据说是慈禧太后去颐和园时途经此地，特建此楼为息足之处。楼两层，洋式，内贮历朝西洋各国进贡的自鸣钟，满坑满谷，大大小小，形形色色，足有数百余具。当时海运初开，平民家中大抵都有自鸣钟，但是谁也没见过这样的场面，到此大开眼界。为什么这样多的自鸣钟集中陈列在此，我不知道。除了自鸣钟之外，还有两个不寻常的穿衣镜，一凹一凸，走近一照，不是把你照成面如削瓜，便是把你照成柿饼脸，所以这两个镜子号称"一见哈哈笑"。孩子们无不嬉笑称奇。

另一建筑是豳风堂。是几间平房，但是堂庑宽敞，有棚可遮阳，茶座散落于其间。游客到此可以啜茗休息。堂名取得好，《诗经·豳风·七月》之篇，描述陇亩之间农家生活的况味。

植物园的风光不过如此，平凡无奇，但是，久居城市的人难得一嗅黄土泥的味道，难得一见果树成林的景象，到此顿觉精神一振。至于青年男女在这比较冷僻的地方携手同行，喁喁私语，当然更是觉得这是一个好去处了。

万牲园究竟是以动物园为主。这里的动物不多，可是披头散发的雄狮、斑斓吊睛的猛虎、笨拙庞大的犀牛、遍体条纹的斑马、浑身白斑的梅花鹿、甩着长鼻子龇着大牙的象、昂首阔步有翅而不能飞的鸵鸟、略具人形的狒狒、成群的抓耳挠腮的猕猴、蜿蜒腹行的巨蟒、棘刺防身的豪猪、时而摇头晃脑时而挺直人立的大黑狗熊，此外如大鹦鹉小金丝雀之类，也差不多应有尽有了。我难以忘怀的是在池塘柳荫之下并头而卧交颈而眠的那一对色彩鲜艳的鸳鸯，美极了。

动物关在笼里，一定很苦，就拿那黑熊来说，偌大的身躯长年地关在那方丈小笼之内，直如无期徒刑。虽然动物学家说，动物在心理上并不一定觉得它是被关在笼子里，而是人被关在笼子外，人不会来害它，它有安全感。我看也不一定安全，常有自恃为万物之灵的人，变着方法欺侮栅里的兽，例如把一根点燃了的纸烟递到象鼻的尖端，烫它一下。更有人拿石头掷击猴子，好像是到动物园来打猎似的！过不了多少年，园里的动物一个个地进了标本室，犹如人进了祠堂一般。是否都是"考终命"，谁知道？

动物一个个的老成凋谢，那些兽栅渐渐十室九空。显然，动物园已难以维持下去。我记得我最后一次去是在我二十岁左右的时候，偕友进得大门干脆左转，照直踱入植物园，在苗圃里徜徉半天，那萧索败落的动物园我不忍再去一顾。童时向往的万牲园，盛况已成陈迹了。

自从我离开北平，数十年仆仆南北，尚未看到过一个像样的动物园。我们中国人对于此道好像不甚考究。据司马相如的《上林赋》，汉武帝增扩的上林苑周袤三百里，其中包括了一个专供天子畋猎的动物园，可以"生貔豹，搏豺狼，手熊罴，足壄羊，蒙鹖苏，绔白虎，被班文……"，真是说得天花乱坠，恐怕只是文人辞客的彩笔夸张，未必属实。我看见过的现代民间豢养的动物，无非是在某些公园中偶然一见的一两只虎，市尘游戏场中之耍猴子耍狗熊的等等而已。直到民国三十八年（1949年）我来到台湾，才得在台北圆山再度亲近一个动物园。

圆山动物园规模不算大，但是日本人经营的作风相当巧妙。岛国的人最擅长的是在咫尺之间造出那样多的曲折迂回。圆山动物园应是典型的东洋庭园艺术的一例。小小的一个山丘，竟有如许丘壑。最高处路旁有一茶肆，有高屋建瓴之势，凭窗远眺，于阡陌梯田之中常见小火车一列冒着蒸气蜿蜒而过。夕阳反照，情景相当幽绝。彼时我寓中山北路，得便常去一游。好多次看见成群的村姑结伴而行，一个个的手举着高跟鞋跣足登陟山坡，蔚为一景（如今皮鞋穿惯，不复见此奇景矣）。

有一次游园，正值园工手持活鸡饲蛇。游人蠢聚争睹此一奇观。我亦不禁心动，攘臂而前，挤入人丛，但人墙无由冲破，乃知难而退。退出后始发觉西装袋上所持之自来水笔已被人扒去。对我而言，当时失掉一支笔，损失很重。笑话中"人多处不可去"之阃训，不无道理。因此我想，我来动物园是来看动物，不是来看人。要看人，大街小巷万头攒动，何必到这里来凑热闹？从此动物园就少去。后来旁边又拓开了儿童乐园，我更加明白这不是属于我的去处。但是我对于那些动物还是很关心的。听说有些游客捉弄动物、虐待动物，我就非常愤懑，听说园中限于经费，有时虎豹之类不能吃饱，我也难过，因为我们把兽关进园内，它们就是我们的客，待客有待客之道，就如同我们家里养猫养狗，能让它们饔飧不继吗？

圆山动物园就要迁移新址，动物将有宽敞的自然的生活空间，我有五愿：

一愿它们顺利乔迁，

二愿它们此后快乐，

三愿园主园丁善待它们，

四愿游客不要虐待它们，

五愿大家不要污染环境。

我觉得动物园之迁移新地，近似整批囚犯的假释，又像是一次大规模的放生。

好多年前，记得好像是《新月》杂志第四期，载有一篇《动物园中的人》，是英国小说家 David Garnett 作，徐志摩译。小说的大意是叙述一个人自愿进入动物园，住进一个铁栏，作为动物的一类，任人参观。他被接受了，栏上挂着一个牌子"Homo Sapiens（灵长类）人"，下面注一行小字："请游客不要惹恼他。"这只是小说的开端，志摩没有继续译下去。我劝他译完全篇，他口头答应但是没有做。虽是残篇译本，我们可以看出这部小说的构想不错。我至今忘不了这个残篇，就是因为我一直在想，想了几十年，想人类在动物界里究占什么样的地位。是万物之灵，灵在哪里？是动物中兽的一类，尚保有多少兽性？人性是什么？假如要我为那《动物园中的人》写一篇较详细的说明书，我将如何写法？这一连串的问题我一直在想，但是参不透。

海啸

一九二三年八月，清华癸亥级学生六十余人在上海浦东登上"杰克逊总统"号放洋。有好多同学有亲友送行，其中有些只眼睛是红肿的，船上五个人组成的小乐队奏起了凄伤的曲调，愈发增加了黯然销魂的情趣。给我送行的只有创造社的几位。下船之后也就走了。我抚着船栏，看行人把千万纸条抛向码头，送行的人拉着纸条的另一端，好像是牵着这一万二千吨的船不肯放行的样子。等到船离开了码头，纸条断了，送行的人群渐渐模糊，我们人人脸上都露出了木然的神情。

天连水，水连天，不住的波声淜湃。好多只海鸥绕着船尾飞，倦了就浮在水上。一群群的文鳐偶然飞近船舷，一闪而没。我们一天天地看日出日落，看月升月沉。

船上除了我们清华一批人外，有三位燕京大学毕业的学生，一个是许地山（落华生），一个是谢婉莹（冰心），一个是一位"陶大姐"。许地山是福建龙溪人，生于一八九三年，出国这一年该是三十岁，比我们长几岁。他是生长在台湾的彰化，随后到大陆求学的。说来惭愧，我那时候对台湾一无所知，倒是在读英文绥夫特《一个小小建议》的时候看到萨曼那泽的记述。据说台湾有吃活人的习惯，虽明知那是杜撰、胡说，但总觉得海陬荒岛是个可怖的地方。所以我看见许地山就有奇异的联想。而许先生的仪表又颇不平凡，蓬松着头发，凸出的大眼睛，一小撮山羊胡子，八字脚，未开言先咯咯地笑。和他接近之后，发觉他为人敦厚，富热情与想象，是极风趣的，许多小动作特别令人发噱。他对于印度宗教，后来对于我国道教，都有深入研究。他的文学作品，如《无法投递的邮件》《缀网劳蛛》《空山灵雨》，无不具有特殊的格调与感人的力量。谢冰心，福建闽侯人，一九〇一年生，受过良好的家庭与教会学校的教育，待人温和而有分寸，谈吐不俗。她的《超人》《繁星》《春水》，当时早已脍炙人口。

除了一上船就一头栽倒床上、尝天旋地转晕船滋味的人以外，能在颠簸之中言笑自若的人总要想一些营生。于是爱好文学的人就自然聚集在一起，三五个人在客厅里围绕着壁炉中那堆人工制造的熊熊炉火，海阔天空地闲聊起来。不知是谁提议，要出一份壁报，张贴在客厅入口处的旁边，三天一换，内容是创作与翻译并蓄，篇幅以十张稿纸为限，密密麻麻地用小字誊录。报名定为《海啸》，刊头是我仿张海若的"手摹拓片体"涂成隶书"海啸"二字，下面剪贴"杰克逊总统号"专用信笺角上的轮船图形。出力最多的是一樵，他负起大部分抄写的责任。出了若干期之后，我们挑拣了十四篇，作为一个专栏。目录如下：

《海啸》　　　　　　　　　梁实秋

《乡愁》　　　　　　　　　冰心女士

《海世间》　　　　　　　　落华生

《海鸟》　　　　　　　　　梁实秋

《别泪》　　　　　　　　　一樵

《梦》　　　　　　　　　　梁实秋

《海角的孤星》　　　　　　落华生

《惆怅》　　　　　　　　　冰心女士

《醍醐天女》　　　　　　　落华生

《纸船》　　　　　　　　　冰心女士

《女人，我很爱你》　　　　落华生

《约翰，我对不起你》　　　C. Rossetti　梁实秋　译

《你说你爱》　　　　　　　Keats CHL　译

《什么是爱》　　　　　　　K. Hamsun　一樵　译

　　在船上张贴壁报，还要寄回国内发表，是青年的创作欲还是发表欲，我也不很清楚。我只觉得在海中漂泊，心里有说不出的滋味，一吐为快。《海啸》一诗中最后六行是这样的：

对月出神的骚士！你想些什么？

可是眷念着锦绣河山的祖国？

若是怀想着远道相思的情侣——

明月有圆有缺，海潮有涨有落。

请在这海上的月夜，把你的诗心捧出来，

投入这水晶般的通彻玲珑的无边天海！

　　使用"海啸"两个字的时候，至少当时的我是不求甚解的。"海啸"用英文讲是"tidal wave"或"tidal bore"，是由地震而引起的汹涌的大浪。与"龙吟虎啸"的"啸"迥异其趣，与"琴酒啸咏"之"啸"更大相径庭。风平浪静地在大海上航行，根本没有地震，哪里来的海啸？但是，不。就在我们抵达彼岸的那一天，九月一日，早餐桌上摆着一张电讯新闻，赫然写着日本东京大地震，并且警告海上船只注意提防海啸！东京这次地震很剧烈，死亡有十四万三千人之多，我们路过东京参观过的地方大部分夷为平地了。船驶近西雅图的时候，果然有相当强烈的风浪，像是海啸。

点名

　　我在小学读书的时候，先生根本不点名。全班二十几个学生，先生都记得他们的名字。谁缺席，谁迟到，先生举目一看，了如指掌，只需在点名簿上做个记号，节省不少时间。

　　我十四岁进了清华。清华的学生每个都编列号码（我在中等科是五八一号，高等科是一四七号）。早晨七点二十分吃早点（馒头稀饭咸菜），不准缺席迟到。饭厅座位都贴上号码，有人巡视抄写空位的号码。有贪睡懒觉的，非到最后一分钟不肯起床，匆促间来不及盥洗，便迷迷糊糊蓬头散发地赶到餐厅就座，呆坐片刻，俟点名过后再回去洗脸，早饭是牺牲了。若是不幸遇到斋务主任陈筱田先生亲自点名，迟到五分钟的人就难逃"法网"了，因为这位陈先生记忆力过人，他不巡行点名，他隐身门后，他把迟到的人的号码一一录下。凡迟到若干次的便要在周末到"思过室"里去受罚静坐。他非记号码不可，因为姓名笔画太繁，来不及写，好几百人的号码，他居然一一记得，这一份功夫真是惊人。三十多年后我偶然在南京下关遇见他，他不假思索喊出我的号码一四七。

下午是中文讲的课程，学校不予重视，各课分数不列入成绩单，与毕业无关，学生也就不肯认真。但是点名的形式还是有的，记得有一位叶老先生，前清的一位榜眼，想来是颇有学问的，他上国文课，简直不像是上课。他夹着一个布包袱走上讲台，落座之后打开包袱，取出眼镜戴上，打开点名簿，拿起一支铅笔（他拿铅笔的姿势和拿毛笔的姿势完全一样，挺直地握着笔管），然后慢条斯理地开始点名。出席的学生应声答"到"，缺席的也有人代他答"到"，有时候两个人同时替一个缺席的答到。全班哄笑。老先生茫然地问："到底哪一位是……？"全班又哄然大笑。点名的结果是全班无一缺席，事实上是缺席占三分之一左右。大约十分钟过去，老先生用他的浓重的乡音开讲古文，我听了一年，无所得。

胡适之先生在北大上课，普通课堂容不下，要利用大礼堂，可容三五百人，但是经常客满，而且门口窗上都挤满了人。点名是不可能的。事实上其中还有许多"偷听生"，甚至是来自校外的。朱湘就是远从清华赶来偷听的一个。胡先生深知有教无类的道理，来者不拒，点名作甚？"桃李不言，下自成蹊。"

其实点名对于教师也有好处，往往可以借此多认识几个字。我们中国人的名字无奇不有。名从主人，他起什么样的名字自有他的权利。先生若是点名最好先看一遍名簿，其中可能真有不大寻常的字。若是当众读错了字，会造成很尴尬的局面。例如寻常的"展"，偏偏写成为"琶"。这是古文的展字，不是人人都认得的。猛然遇见这个字可能不知所措。又如"珡"就是古文的"琴"，由隶变而来，如今少写两笔就令人不免踌躇。诸如此类的情形不少，点名的老师要早防范一下。还有些常见的字，在名字里常见，在其他处不常用，例如"茜"字，读"倩"不读"西"，报纸上字幕上常有"南茜""露茜"出现，一般人遂跟着错下去。可是教师不许读错，读错了便要遭人耻笑了。也有些字是俗字，在字典里找不着，那就只好请教当地人士了。

唐人自何处来

　　我二十二岁清华学校毕业，是年夏，全班数十同学搭"杰克逊总统"号由沪出发，于九月一日抵达美国西雅图。登陆后，暂息于青年会宿舍，一大部分立即乘火车东行，只有极少数的同学留下另行候车。预备到科罗拉多泉的有王国华、赵敏恒、陈肇彰、盛斯民和我几个人。赵敏恒和我被派在一间寝室里休息。寝室里有一张大床，但是光溜溜的没有被褥，我们二人就在床上闷坐，离乡背井，心里很是酸楚。时已夜晚，寒气袭人。突然间孙清波冲入室内，大声地说："我方才到街上走了一趟，我发现满街上全是黄发碧眼的人，没有一个黄脸的中国人了！"

　　赵敏恒听了之后，哀从衷来，哇的一声大哭，趴在床上抽噎。孙清波回头就走。我看了赵敏恒哭的样子，也觉得有一股凄凉之感。二十几岁的人，不算是小孩子，但是初到异乡异地，那份感受是够刺激的。午夜过后，有人喊我们出发去搭火车，在车站看见黑人车侍提着煤油灯摇摇晃晃地喊着："全都上车啊！全都上车啊！"

车过夏安，那是怀俄明州的都会，四通八达，算是一大站。从此换车南下便直达丹佛和科罗拉多泉了。我们在国内受到过警告，在美国火车上不可到餐车上用膳，因为价钱很贵，动辄数元，最好是沿站购买零食或下车小吃。在夏安要停留很久，我们就相偕下车，遥见小馆便去推门而入。我们选了一个桌子坐下，侍者送过菜单，我们拣价廉的菜色各自点了一份。在等饭的时候，偷眼看过去，见柜台后面坐着一位老者，黄脸黑发，像是中国人，又像是日本人。他不理我们，我们也不理他。

我们刚吃过了饭，那位老者踱过来了。他从耳朵上取下半截长的一支铅笔，在一张报纸的边上写道："唐人自何处来？"

果然，他是中国人，而且他也看出我们是中国人。他一定是广东台山来的老华侨。显然他不会说国语，大概是也不肯说英语，所以开始和我们笔谈。

我接过了铅笔，写道："自中国来。"

他的眼睛瞪大了，而且脸上泛起一丝笑容。他继续写道："来此何为？"

我写道："读书。"

这下子，他眼睛瞪得更大了，他收敛起笑容，严肃地向我们跷起了他的大拇指，然后他又踱回到柜台后面他的座位上。

我们到柜台边去付账。他摇摇头，摆摆手，好像是不肯收费，他说了一句话好像是："统统是唐人呀！"

我们称谢之后刚要出门，他又"喂喂"地把我们喊住，从柜台下面拿出一把雪茄烟，送我们每人一支。

我回到车上，点燃了那支雪茄。在吞烟吐雾之中，我心里纳闷，这位老者为什么不收餐费？为什么奉送雪茄？大概他在夏安开个小餐馆，很久没看到中国人，很久没看到一群中国青年，更久没看到来读书的中国青年人。我们的出现点燃了他的同胞之爱。事隔数十年，我不能忘记和我们做简短笔谈的那位唐人。

辑 二

面世

从心所欲不逾矩

我已渐渐感觉它并不能蔽风雨，因为有窗而无玻璃，风来则洞若凉亭，有瓦而空隙不少，雨来则渗如滴漏。纵然不能蔽风雨，「雅舍」还是自有它的个性。有个性就可爱。

廉

贪污的事，古今中外滔滔皆是，不谈也罢。孟子所说穷不苟求的"廉士"才是难能可贵，谈起来令人齿颊留芬。

东汉杨震，暮夜有人馈送十斤黄金，送金的人说："暮夜无知者。"杨震说："天知，神知，我知，子知。何谓无知？"这句话万古流传，直到晚近许多姓杨的人家常榜门楣曰"四知堂杨"。清介廉洁的"关西夫子"使得他家族后代脸上有光。

汉末有一位郁林太守陆绩（唐陆龟蒙的远祖），罢官之后泛海归姑苏家乡，两袖清风，别无长物，唯一空舟，恐有覆舟之虞，乃载一巨石镇之。到了家乡，将巨石弃置城门外，日久埋没土中。直到明朝弘治年间，当地有司曳之出土，建亭覆之，题其楣曰"廉石"。一个人居官清廉，一块顽石也得到了美誉。

"银子是白的，眼珠是黑的"，见钱而不眼开，谈何容易。一时心里把握不定，手痒难熬，就有堕入贪墨的泥沼之可能，这时节最好有人能拉他一把。最能使人顽廉懦立的莫过于贤妻良母。《列女传》：田稷子相齐，受下吏货金百镒，献给母亲。母亲说："子为相三年矣，禄未尝多若此也，……安所得此？"他只好承认是得之于下。母亲告诫他说："吾闻士修身洁行，不为苟得。……非义之事，不计于心。非理之利，不入于家……不义之财，非吾有也。不孝之子，非吾子也。"这一番义正词严的训话把田稷子说得惭悚不已，急忙把金送还原主。按照我们现下的法律，如果是贿金，收受之后纵然送还，仍有受贿之嫌，纵然没有期约的情事，仍属有玷官箴。这种簠簋不修之事，当年是否构成罪状，固不得而知，从廉白之士看来总是秽行。我们注意的是田稷子的母亲真是识达大义，足以风世。为相三年，薪俸是有限的，焉有多金可以奉母？百镒不是小数，一镒就是二十四两，百镒就是二千四百两，一个人搬都搬不动，而田稷子的母亲不为所动。家有贤妻，则士能安贫守正，更是举不胜举，可怜的是那些室无莱妇的人，在外界的诱惑与阃内的要求两路夹击之下，就很容易失足了。

"取不伤廉"这句话易滋误解，"一介不取"才是最高理想。晋陶侃"少为寻阳县吏，尝监鱼梁，以一坩鲊遗母，湛氏封鲊及书，责侃曰：'尔为吏，以官物遗我，非唯不能益吾，乃以增吾忧矣。'"（《晋书·陶侃母湛氏传》）掌管鱼梁的小吏，因职务上的方便，把腌鱼装了一小瓦罐送给母亲吃，可以说是孝养之意，但是湛氏不受，送还给他，附带着还训了他一顿。

别看一罐腌鱼是小事，因小可以见大。

谢承《后汉书》："巴祇为扬州刺史，与客暗饮，不燃官烛。"私人宴客，不用公家的膏火，宁可暗饮，其饮宴之资，当然不会由公家报销了。因此我想起一件事，好久好久以前，丧乱中值某夫人于途，寒暄之余怅然告曰："恕我们现在不能邀饮，因为中外合作的机关凡有应酬均需自掏腰包。"我闻之悚然。

还有一段有关官烛的故事。宋周紫芝《竹坡诗话》："李京兆诸父中有一人……极廉介……有家问，即令灭官烛，取私烛阅书，阅毕，命秉官烛如初。"公私分明到了这个地步，好像有一些迂阔。但是，"彼岂乐于迂阔者哉！"

不要以为志行高洁的人都是属于古代，今之古人有时亦可复见。我有一位同学供职某部，兼理该部刊物编辑，有关编务必须使用的信纸信封及邮票等等放在一处，私人使用之信函邮票另置一处，公私绝对分开，虽邮票信笺之微，亦不含混，其立身行事砥砺廉隅有如是者！尝对我说，每获友人来书，率皆使公家信纸信封，心窃耻之，故虽细行不敢不勉。吾闻之肃然敬。

小花

　　小花子本是野猫，经菁清留养在房门口外，起先是供给一点食物一点水，后来给他一只大纸箱作为他的窝，放在楼梯拐角处，终乃给他买了一方孩子用的鹅绒被袋作为铺垫，而且给他设了一个沙盆逐日换除洒扫。从此小花子就在我们门前定居，不再到处晃荡，活像《鸿鸾禧》里的叫花子，喝完豆汁儿之后甩甩袖子连呼："我是不走的了啊，我是不走的了啊！"

　　彼此相安，没有多久。

　　有一天我回家看见菁清抱着小花子在房间里踱来踱去，我惊问："他怎么登堂入室了？"我们本来约定不许他越雷池一步的。

　　"外面风大，冷，你不是说过猫怕冷吗？"

　　我是说过，猫是怕冷。结果让他在室内暖和了一阵，仍然送到户外。看着他在寒风里缩成一团偎在纸箱里，我心里也有些不忍。

再过些时，有一天小花子不见了，整天都没回来就食，不知他云游何处去了。一天两天过去，杳无消息。他虽是野猫，我们对他不只有一饭之恩，当然甚是牵挂。每天打开门看看，猫去箱空，辄为黯然。

忽然有一天他回来了，浑身泥污，而且沾有血迹。他的嘴里挂着血淋淋的一块肉似的东西，像是碎裂的牙肉。菁清赶快把他抱起，洗刷一下，在身上有血迹处涂了紫药水，发现他的两颗虎牙没有了，满嘴是血。我们不知他遭遇了什么灾难，落得如此狼狈。菁清取出一个竹笼，把他装了进去，驱车直奔国际猫狗专科病院辜仲良（泰堂）先生处。辜大夫说，他的牙被人敲断了，大量出血，被人塞进几团药棉花，他在身上乱舔所以到处有血迹。于是给他打针防破伤风，注射消炎剂，清洗口腔，取出药棉花，涂药。菁清抱他回来，说："看他这个样子，今天不要教他在门外睡了吧。"我还有什么话说。于是小花进了家门，睡在属于黑猫公主的笼子里。黑猫公主关在楼上寝室里。三猫隔离，各不相扰。这是临时处置，我心想过一两天还是要放小花子到门外去的。

但是没想到第二天菁清又有了新发现，她告我说，在她掰开猫嘴涂药时发觉猫的舌头短了一大截，舌尖不见了。大概是牙被敲断时，被人顺手把舌头也剪断了。菁清要我看，我不敢看。我不知道他犯了什么大过，受此酷刑。我这才明白为什么每次喂他吃鱼总是吃得盘里盘外狼藉不堪，原来他既无门牙又缺半截舌头。世界上是有厌猫的人。据说，拿破仑就厌恶猫，"在某次战役中，有个侍从走过拿破仑的卧房时，突然听到这位法国皇帝在呼救。他打开房门一看，拿破仑的衣服才穿到一半，满头大汗，用剑猛刺绣帷，原来他是在追杀一只小猫"。美国的艾森豪总统也恨猫，"在盖次堡家中的电视机旁，备有一支鸟枪打击乌鸦。此外他还下令，周遭若出现任何猫，格杀勿论"。英文里有一个专门名词，称厌恶猫者为"ailurophobe"。我想我们的小花子一定是在外游荡时遇到了一位厌猫者，敲掉门牙剪断舌头还算是便宜了他。

菁清说，这猫太可怜，并且历数他的本质不恶，天性很乖，体态轻盈，毛又细软，但是她就没有明白表示要长期收养他的意思。我也没有明白表示我要改变不许他进门的初衷。事实逐步演变他已成了我们家庭的一员。菁清奉献刷毛挖耳剪指甲全套服务，还不时地把他抱在怀里亲了又亲。我每星期上市买鱼也由七斤变为十斤。煮鱼摘刺喂食的时候，也由准备两盘改为三盘。

"米已熟了，只欠一筛。"最后菁清画龙点睛似的提出了一个话题："这猫已不像是一只野猫了，似不可再把他当作街头浪子，也不再是小叫花子，我们把'小花子'的名字里的'子'字取消，就叫他'小花'吧。"

我说"好吧"。从此名正言顺，小花子成了小花。我担心的是以后是否还有二花三花闻风而至。

风水

何谓风水？相传郭璞所撰《葬书》说："葬者乘生气也。……经曰，气乘风则散，界水则止。……古人聚之使不散，行之使有止，故谓之风水。"这话好像等于没说。揣摩其意，大概是说，丧葬之地需要注意其地势环境，尽可能地要找一块令人满意的地方。至于什么"气乘风则散，界水则止"，就有点近于玄虚，人死则气绝，还有什么气散气止之可说？

葬地最好是在比较高亢的地方，因为低隰的地方容易积水，对于死者骸骨不利；如果地势开阔爽朗，作为阴宅，子孙看着也会觉得心安。这都是可以理解的。不过一定要寻龙探脉，找什么"生龙口"，那就未免太难。堪舆家所谓的各种各样的穴形，诸如"五星伴月形""双燕抱梁形""游龙戏水形""美女献花形""金凤朝阳形""乌鸦归巢形""猛虎擒羊形""骑马斩关形"……无穷无尽的藏风聚气的吉穴之形，堪舆家说得头头是道，美不可言。我们肉眼凡胎，不谙青鸟之术，很难理解，只好姑妄听之。更有所谓"阴刀出鞘形"者，就似乎是想入非非了。

吉穴的形势何以能影响到后代子孙的发旺富贵，这道理不容易解释。历来学者有许多对于风水之说抱怀疑态度。张子全书："葬法有风水山冈之说，此全无义理。"全无义理，就是胡说乱道之意。司马光《葬论》："孝经云：'卜其宅兆。'非若今阴阳家相其山冈风水也。"他也是一口否定了风水的说法。可是多少年来一般民众卜葬尊亲，很少不请教堪舆家的，好像不是为死者求福，而是为后人的富贵着想。活人还想讨死人的便宜。死人有剩余价值，他的墓地风水还能给活人以福祉灾殃！"不得三尺土，子孙永代苦。"真有这种事吗？

有人仕途得意，历经宦海风波，而保持官职如故，人讽之为五朝元老，彼亦欣然以长乐老为荣。或问其术安在，答曰："祖坟风水佳耳。"后来失势，狼狈去官，则又曰："听说祖坟上有一棵大树如盖，乃风水所系，被人砍去，遂至如此。"不曰富贵在天，乃云富贵在地！在一棵树！

人做了皇帝，都以为是子孙万世之业，并且也知道自古没有万岁天子，所以通常在位时就兴建陵寝。风水之佳，规模之大，当然不在话下。我曾路过咸阳，向导遥指一座高高大大的土丘说："那就是秦始皇墓。"我当然看不出那地方风水有什么异样，我只知道他的帝祚不永，二世而斩。近年他的坟墓也被掘得七零八落了。陵寝有再好不过的风水，也自身难保，还管得了他的孝子贤孙变成为漂萍断梗？近如清朝的慈禧太后，活的时候营建颐和园，造孽还不够，陵寝也造得坚固异常，然而曾几何时禁不住孙殿英的火药炮轰，落得尸骨狼藉。或曰："这怪不得风水，这是气数已尽。"既讲风水，又说气数，真是横说横有理，竖说竖有理。

阴宅讲风水，阳宅焉能不讲？民间最起码的风水常识是大门要开在左方。《礼记·曲礼上》："行，前朱鸟而后玄武，左青龙而右白虎。"其实这是说行军时旌旗的位置。后来道家思想才以青龙为最贵之神，白虎为凶神。门开在右手则犯冲了太岁。迄今一般住宅的大门（如果有大门）都是开在左方的。大家既然尚左成了习俗，我们也就不妨从众。我曾见有些人家，重建大门，改成斜的，是真所谓"斜门"！吉凶祸福，原因错综复杂，岂是两扇大门的位置方向所能左右？车靠左边走，车靠右边行，同样的会出车祸。

不知道为什么别人家的山墙房脊冲着我家就于我不利，普通的禳避之法是悬起一面镜子，把迎面而来的凶煞之气轻而易举地反照回去，让对方自己去受用。如果镜子上再画上八卦，则更有除邪压胜的效力。太上老君诸葛孔明和捉鬼的道士不都是穿八卦衣吗？

据说都市和住宅的地形也事关风水，不可等闲视之。《朱子语录》："古今建都之地，莫过于冀，所谓无风以散之，有水以界之也。"可是看看那些建都之地，所谓的王气也都没有能延长多久，徒令后人兴起铜驼荆棘之感。北平城墙不是完全方方正正的，西北角和东南角都各缺一块，据说是像"天塌西北地陷东南"，谁也不知道这究竟起了什么作用。只知道如今城墙被拆除了。住宅的地形如果是长方形，前面宽而后面窄，据说不仅是没有裕后之象，而且形似棺木，凶。前些年我就住过这样的一栋房子，住了七年，没事。先我居住此房者，和在我以后迁入者，均奄忽而殁，这有什么稀奇，人孰无死？有一位朋友，其家背山面水，风景奇佳，一日大雨山崩，人与屋俱埋于泥沙之中。死生有命，非关风水。

近来新官上任，从不修衙，那张办公桌子却要摆来摆去，斟酌再三，总要摆出一个大吉大利的阵式。一般人家安设床铺也要考虑，大概面西就不大好，怕的是一路归西。西方本是极乐世界所在，并非恶地。床无论面向何方，人总是一路往西行的。

客有问于余者曰："先生寓所，风水何如？"我告诉他，我住的地方前后左右都是高楼大厦，我好像是藏身谷底，终日面壁，罕见阳光，虽然台风吹来，亦不大有所感受，还说什么风水？出门则百尺以内，有理发馆六七处，餐厅二十多家，车龙马水，闹闹哄哄，还说什么风水？自求多福，如是而已。

雅舍

　　到四川来，觉得此地人建造房屋最是经济。火烧过的砖，常常用来做柱子，孤零零地砌起四根砖柱，上面盖上一个木头架子，看上去瘦骨嶙嶙，单薄得可怜；但是顶上铺了瓦，四面编了竹篾墙，墙上敷了泥灰，远远地看过去，没有人能说不像是座房子。我现在住的"雅舍"正是这样一座典型的房子。不消说，这房子有砖柱，有竹篾墙，一切特点都应有尽有。讲到住房，我的经验不算少，什么"上支下摘""前廊后厦""一楼一底""三上三下""亭子间""茅草棚""琼楼玉宇"和"摩天大厦"，各式各样，我都尝试过。我不论住在哪里，只要住得稍久，对那房子便发生感情，非不得已我还舍不得搬。这"雅舍"，我初来时仅求其能蔽风雨，并不敢存奢望，现在住了两个多月，我的好感油然而生。虽然我已渐渐感觉它并不能蔽风雨，因为有窗而无玻璃，风来则洞若凉亭，有瓦而空隙不少，雨来则渗如滴漏。纵然不能蔽风雨，"雅舍"还是自有它的个性。有个性就可爱。

"雅舍"的位置在半山腰，下距马路约有七八十层的土阶。前面是阡陌螺旋的稻田。再远望过去是几抹葱翠的远山，旁边有高粱地，有竹林，有水池，有粪坑，后面是荒僻的榛莽未除的土山坡。若说地点荒凉，则月明之夕，或风雨之日，亦常有客到。大抵好友不嫌路远，路远乃见情谊。客来则先爬几十级的土阶，进得屋来仍须上坡，因为屋内地板乃依山势而铺，一面高，一面低，坡度甚大，客来无不惊叹。我则久而安之，每日由书房走到饭厅是上坡，饭后鼓腹而出是下坡，亦不觉有大不便处。

"雅舍"共是六间，我居其二。篦墙不固，门窗不严，故我与邻人彼此均可互通声息。邻人轰饮作乐，咿唔诗章，喁喁细语，以及鼾声、喷嚏声、吮汤声、撕纸声、脱皮鞋声，均随时由门窗户壁的隙处荡漾而来，破我岑寂。入夜则鼠子瞰灯，才一合眼，鼠子便自由行动，或搬核桃在地板上顺坡而下，或吸灯油而推翻烛台，或攀援而上帐顶，或在门框桌脚上磨牙，使得人不得安枕。但是对于鼠子，我很惭愧地承认，我"没有法子"。"没有法子"一语是被外国人常常引用着的，以为这话最足代表中国人的懒惰隐忍的态度。其实我对付鼠子并不懒惰。窗上糊纸，纸一戳就破；门户关紧，而相鼠有牙，一阵咬便是一个洞洞。试问还有什么法子？洋鬼子住到"雅舍"里，不也是"没有法子"？比鼠子更骚扰的是蚊子。"雅舍"的蚊风之盛，是我前所未见的。"聚蚊成雷"真有其事！每当黄昏时候，满屋里磕头碰脑的全是蚊子，又黑又大，骨骼都像是硬的。在别处蚊子早已肃清的时候，在"雅舍"则格外猖獗，来客偶不留心，则两腿伤处累累隆起如玉蜀黍，但是我仍安之。冬天一到，蚊子自然绝迹，明年夏天——谁知道我还是住在"雅舍"！

"雅舍"最宜月夜——地势较高，得月较先。看山头吐月，红盘乍涌，一霎间，清光四射，天空皎洁，四野无声，微闻犬吠，坐客无不悄然！舍前有两株梨树，等到月升中天，清光从树间筛洒而下，地上阴影斑斓，此时尤为幽绝。直到兴阑人散，归房就寝，月光仍然逼进窗来，助我凄凉。细雨蒙蒙之际，"雅舍"亦复有趣。推窗展望，俨然米氏章法，若云若雾，一片弥漫。但若大雨滂沱，我就又惶悚不安了。屋顶湿印到处都有，起初如碗大，俄而扩大如盆，继则滴水乃不绝，终乃屋顶灰泥突然崩裂，如奇葩初绽，砉然一声而泥水下注，此刻满室狼藉，抢救无及。此种经验，已数见不鲜。

"雅舍"之陈设，只当得"简朴"二字，但洒扫拂拭，不使有纤尘。我非显要，故名公巨卿之照片不得入我室；我非牙医，故无博士文凭张挂壁间；我不业理发，故丝织西湖十景以及电影明星之照片亦均不能张我四壁。我有一几一椅一榻，酣睡写读，均已有着，我亦不复他求。但是陈设虽简，我却喜欢翻新布置。西人常常讥笑妇人喜欢变更桌椅位置，以为这是妇人天性喜变之一证。诬否且不论，我是喜欢改变的。中国旧式家庭，陈设千篇一律，正厅上是一条案，前面一张八仙桌，一边一把靠椅，两旁是两把靠椅夹一只茶几。我以为陈设宜求疏落参差之致，最忌排偶。"雅舍"所有，毫无新奇，但一物一事之安排布置俱不从俗。人入我室，即知此是我室。笠翁《闲情偶寄》之所论，正合我意。

"雅舍"非我所有，我仅是房客之一。但思"天地者万物之逆旅"，人生本来如寄，我住"雅舍"一日，"雅舍"即一日为我所有。即使此一日亦不能算是我有，至少此一日"雅舍"所能给予之苦辣酸甜，我实躬受亲尝。刘克庄词："客里似家家似寄。"我此时此刻卜居"雅舍"，"雅舍"即似我家。其实似家似寄，我亦分辨不清。

长日无俚，写作自遣，随想随写，不拘篇章，冠以"雅舍小品"四字，以示写作所在，且志因缘。

健忘

　　是爱迪生吧？他一手持蛋，一手持表，准备把蛋下锅煮五分钟，但是他心里想的是一桩发明，竟把表投在锅里，两眼盯着那个蛋。

　　是牛顿吧？专心做一项试验，忘了吃摆在桌上的一餐饭。有人故意戏弄他，把那一盘菜肴换为一盘吃剩的骨头。他饿极了，走过去吃，看到盘里的骨头叹口气说："我真糊涂，我已经吃过了。"

　　这两件事其实都不能算是健忘，都是因为心有所旁骛，心不在焉而已。废寝忘餐的事例，古今中外尽多的是。真正患健忘症的，多半是上了年纪的人。小小的脑壳，里面能装进多少东西？从五六岁记事的时候起，脑子里就开始储藏这花花世界的种种印象，牙牙学语之后，不久又"念、背、打"，打进去无数的诗云、子曰，说不定还要硬塞进去一套ABCD，脑海已经填得差不多，大量的什么三角儿、理化、中外史地之类又猛灌而入，一直到了成年，脑子还是不得轻闲，做事上班，养家糊口，无穷无尽的阌茸事由需要记挂，脑子里挤得密不通风，天长日久，老态荐臻，脑子里怎能不生锈发霉而记忆开始模糊？

人老了，常易忘记人的姓名。大概谁都有过这样的经验：蓦地途遇半生不熟的一个人，握手言欢老半天，就是想不起他的姓名，也不好意思问他尊姓大名，这情形好尴尬，也许事后于无意中他的姓名猛然间涌现出来，若不及时记载下来，恐怕随后又忘到九霄云外。人在尚未饮忘川之水的时候，脑子里就已开始了清仓的活动。范成大诗："僚旧姓名多健忘，家人长短总伴聋。"僚旧那么多，有几个能令人长相忆？即使记得他的相貌特征，他的姓名也早已模糊了，倒是他的绰号有时可能还记得。

不过有些事是终身难忘的。白居易所谓"老来多健忘，唯不忘相思"。当然相思的对象可能因人而异。大概初恋的滋味是永远难忘的，两团爱凑在一起，迸然爆出了火花，那一段惊心动魂的感受，任何人都会珍藏在他和她的记忆里，忘不了，忘不了。"春风得意马蹄疾"的得意事，不容易忘怀，而且唯恐大家不知道。沮丧、窝囊、羞耻、失败的不如意事也不容易忘，只是捂捂盖盖的不愿意一再地抖露出来。

忘不一定是坏事。能主动地彻底地忘，需要上乘的功夫才办得到。《孔子家语》："哀公问于孔子曰：'寡人闻忘之甚者，徙而忘其妻，有诸？'孔子对曰：'此犹未甚者也，甚者乃忘其身。'"徙而忘其妻，不足为训，但是忘其身则颇有道行。人之大患在于有身，能忘其身即是到了忘我的境界。常听人说，忘恩负义乃是最令人难堪的事之一。莎士比亚有这样的插曲：

吹，吹，冬天的风，
你不似人间的忘恩负义
　　那样的伤天害理；
你的牙不是那样的尖，
因为你本是没有形迹，
　　虽然你的呼吸甚厉。……

冻，冻，严酷的天，
你不似人间的负义忘恩
　　那般的深刻伤人；
虽然你能改变水性，
你的尖刺却不够凶，
　　像那不念旧交的人。……

其实施恩示义的一方，若是根本忘怀其事，不在心里留下任何痕迹，则对方根本也就像是无恩可忘无义可负了。所以崔瑗座右铭有"施人慎勿念，受施慎勿忘"之语。玛克斯·奥瑞利阿斯说："我们遇到忘恩负义的人不要惊讶，因为这世界上就是有这样的一种人。"这种见怪不怪的说法，虽然洒脱，仍嫌执着，不是最上乘义。《列子·周穆王》篇有一段较为透彻的见解：

宋阳里华子中年病忘，朝取而夕忘，夕与而朝忘；在途则忘行，在室则忘坐；今不识先，后不识今。阖室毒之。谒史而卜之，弗占；谒巫而祷之，弗禁；谒医而攻之，弗已。鲁有儒生自媒能治之，华子之妻子以居产之半请其方。儒生曰："此固非卦兆之所占，非祈请之所祷，非药石之所攻。吾试化其心，变其虑，庶几其瘳乎！"于是试露之，而求衣；饥之，而求食；幽之，而求明。儒生欣然告其子曰："疾可已也。然吾之方密，传世不以告人。试屏左右，独与居室七日。"从之。莫知其所施为也，而积年之疾一朝都除。华子既悟，乃大怒，黜妻罚子，操戈逐儒生。宋人执而问其以。华子曰："曩吾忘也，荡荡然不觉天地之有无。今顿识既往，数十年来存亡、得失、哀乐、好恶，扰扰万绪起矣。吾恐将来之存亡、得失、哀乐、好恶之乱吾心如此也，须臾之忘，可复得乎？"子贡闻而怪之，以告孔子。孔子曰："此非汝所及乎！"顾谓颜回记之。

　　人而健忘，自有诸多不便处。有人曾打电话给朋友，询问自己家里的电话号码。也有人外出餐叙，餐毕回家而忘了自家的住址，在街头徘徊四顾，幸而遇到仁人君子送他回去。更严重的是有人忘记自己是谁，自己的姓名、住址一概不知，真所谓物我两忘，结果只好被人送进警局招领。像华子所向往的那种"荡荡然不觉天地之有无"的境界，我们若能偶然体验一下，未尝不可；若是长久地那样精进而不退转，则与植物无大差异，给人带来的烦扰未免太大了。

纽约的旧书铺

　　我所看见的在中国号称"大"的图书馆，有的还不如纽约下城十四街的旧书铺。纽约的旧书铺是极引诱人的一种去处，假如我现在想再到纽约去，旧书铺是我所要首先去流连的地方。

　　有钱的人大半不买书，买书的人大半没有多少钱。旧书铺里可以用最低的价钱买到最好的书。我用三块五角钱买到一部 Jewett 译的《柏拉图全集》，用一块钱买到第三版的《亚里士多德之诗与艺术的学说》，就是最著名的那个 Butcher 的译本——这是我买便宜书之最高的纪录。

　　罗斯丹的戏剧全集，英文译本，有两大厚本，定价想来是不便宜，有一次我陪着一位朋友去逛旧书铺，在一家看到全集的第一册，在那一家又看到全集的第二册，我们便不动声色地用五角钱买了第一册，又用五角钱买了第二册。用同样的方法我们在三家书铺又拼凑起一部《品内罗戏剧全集》。后来我们又想如法炮制拼凑一部《易卜生全集》，无奈工作太伟大了，没有能成功。

别以为买旧书是容易事。第一，你这两条腿就受不了，串过十几家书铺以后，至少也要三四个钟头，则两腿谋革命矣。饿了的时候，十四街有的是卖"热狗"的，蜡肠似的鲜红的一条肠子夹在两瓣面包里，再涂上一些芥末，颇有异味。再看看你两只手，可不得了，至少有一分多厚的灰尘。然后你左手挟着一包，右手提着一包，在地底电车里东冲西撞地跟跄而归。

书铺老板比买书的人精明。什么样的书有什么样的行市，你不用想骗他。并且买书的时候还要仔细，有时候买到家来便可发现版次不对，或竟脱落了几十页。遇到合意的书不能立刻就买，因为顶痛心的事无过于买妥之后走到别家价钱还要便宜；也不能不立刻就买，因为才一回头的工夫，手长的就许先抢去了。这里面颇有一番心机。

在中国买英文书，价钱太贵还在其次，简直的就买不到。因此我时常地忆起纽约的旧书铺。

本篇原载于1928年10月10日
《新月》月刊第一卷第八号"零星"专栏。

鹰的对话

山岩上，一只老鹰带着一群小鹰，喳喳地叫个不停。一位通鸟语的牧羊人恰好路经其地，听得老鹰是在教导小鹰如何猎食人肉。其谈话是一问一答，大略如下：

"我的孩子们，你们将不再那么需要我的指导了，因为你们已经看到我的实际表演，从农庄抓家禽，在小树丛中抓小野兔，牧场上抓小羔羊。但是你们应还记得那更可口的美味：我常以人肉供你们大嚼。"

"人肉当然是最好吃。你为什么不用你的爪子带回一个人到鹰巢里来呢？"

"他的身体太大了。我们找到一个人的时候，只能撕下他一块肉，把骨头留在地上。"

"人既如此之大，你又怎样杀死他的呢？你怕狼，你怕熊，你怎能有超过人的力量呢？人难道比一只羊还更可欺吗？"

"我们没有人的力量，也没有人那样的狡诈。我们难得吃一回人肉，如果大自然没有注定把人送给我们来享受。人具有凶猛的性格，比任何动物都凶猛。两族人往往遭遇，呼声震天，火焰弥空。你们听到声音火光起自地上，赶快飞向前去，因为人类一定是正在互相残杀；你们会看见地面上血流成渠尸横遍野，许多尸骸都是肢体不全，很便于我们食用。"

"人把对方杀死，为什么不吃掉他呢？一条狼杀死一只羊，他在饱啖羊肉以前不会准许兀鹰来触动它的。人不是另一种狼吗？"

"人乃是唯一的一种动物，杀而不吃。这种特性使得他成了我们的大恩人。"

"人把人肉送到我们跟前，我们就不费心力自己行猎了。"

"人有时候很长久地安安静静地留在洞里。你们若是看到大堆人聚在一起，像一队鹳似的，你们可以断定他们是要行猎了，你们不久即可大餐人肉。"

"但是我想知道他们互相残杀，其故安在？"

"这是我们不能解答的一个问题了。我曾请教过一只老鹰，它年年饱餐人的脏腑，它的见解是，人只是表面上过动物生活，实则只是能动的植物。人爱莫名其妙地互相厮杀，一直到僵挺不动让鹰来啄。或以为这些恶作剧的东西大概是有点什么计划，紧紧团结在一起的人之中，好像有一个在发号施令，又好像是格外地以大屠杀为乐。他凭什么能这样高高在上，我们不知道；他很少时候是最大的或跑得最快的一个，但是从他的热心与勤奋来看，他比别人对于兀鹰更为友善。"

　　这当然是一段寓言。作者是谁，恐怕不是我们所容易猜到的。是古代的一位寓言作家吗？当然不是。在古代，战争是光荣事业，领导战争的是英雄。是十八世纪讽刺文学大家斯威夫特吗？有一点像，但是斯威夫特的集子里没有这样的一篇。这段寓言的作者是我们所习知的约翰逊博士，是他所写的《闲谈》(*The Idler*)第二十二期。《闲谈》是《世界纪事》周刊上的一个专栏，第二十二期刊于一七五八年九月九日。《闲谈》共有一百零四篇，于一七六一年及一七六七年两度刊有合订本，但是这第二十二期都被删去了。为什么约翰逊要删去这一篇，我们不知道，这一篇讽刺的意味是很深刻的。

　　好斗是人类的本能之一，但是有组织的战争不能算是本能，那是有计划的预谋的团体行动。兀鹰只知道吃人肉，不知道人类为什么要自相残杀。战争的起源是掠夺，掠夺食粮，掠夺土地，掠夺金钱，掠夺一切物资。所以战争不是光荣的事，是万物之灵的人类所做出的最蠢的事。除了抵抗侵略、抵抗强权，执干戈以卫社稷的不得已而推动的战争之外，一切战争都是该受诅咒的。大多数的人不愿意战争，只有那些思想和情绪不正常的邪恶的所谓领袖人物，才处心积虑地在一些好听的借口之下制造战争。约翰逊在合订本里删除了这一篇讽刺文章，也许是怕开罪于巨室吧?

胡须

俗语："嘴上没毛，办事不牢。"意思是说，有一把年纪的人比较见多识广，而且瞻前顾后做起事来四平八稳，不像年轻小伙子那样的毛躁，那样的不牢靠。嘴上没毛也就是年纪太轻少不更事的意思。

现在看来，嘴上没毛似乎不一定与年龄有关。大家可曾注意，如今好多的政坛显要、社会中坚，无分中外，老远看来几乎都是面白无须的样子。像诸葛亮的三绺髯、关公的五绺髯，只有在舞台上见之。他们不全是因为脸皮太厚而胡须长不出来，而是胡须刚刚长出来就被刮剃了去。所以嘴上嘴下，青皮一块，于右老、张大千之长髯飘拂是例外。世上有几个于右老、张大千？反观年轻一代，则往往有些人年纪轻轻的，于思于思，一反常态。他们或是唇上留一撮小髭，或是两鬓各蓄一条鬓角，或是颔下垂着几根疏疏落落的狗蝇胡子，戏台上的老生称须生，如今不少的小生也是须生了。

人年纪越大，胡须也长得越硬越粗越黑越快。有人常怪女人每天在她们的头发上耗费太多的时间精神，殊不知绝大多数的男人在他们的胡须上也有不少的麻烦。女人的头发要洗、要做、要烫、要染，现在有些男人的头发也要玩这一套，而且于此之外还每天牢不可破地要刮胡子。一天不刮就毛氄氄的刺弄得慌，用手摸上去像是板刷，万一触到别人的细嫩的皮肤上会令人大叫起来。所以有人早晚各刮一次，不厌其烦。更有人痛恨自己的胡子过于茂盛，刮不胜刮，于是不仅剪草，还要除根，随身携带镜子、镊子，把刮后的胡须根株一个个地钳拔出来，这种拔毛连茹的做法滋味如何，只有本人知道。听说从前青衣花旦，以及其他的职业上有此必要的人，才采用此种彻底根除的手段。不过我也曾亲见所谓斯文中人也有公然当众对镜拔须的。拔过之后，常有血痕殷然。

其实，俗语说："八十留胡子，大主意自己拿。"不到八十岁要留胡子，也没有人管得着。髭胡也未必就有碍观瞻。《左传·昭公二十六年》："有君子，白皙鬒须眉。"胡须、眉毛又黑又稠的陈武子还被称为"君子"，可见一嘴胡子正有助于威仪三千。《庄子·列御寇》，"髯"列为"八极"之一，算是形体上优异过人之处。关公为美髯公，无人不知。唐文皇"虬须壮冠，人号髭圣"（见《清异录》）。风流潇洒如苏东坡也有"髯苏"之称。历史上有名的大胡子不胜列举，而且是被人夸赞，没有揶揄之意。自古以胡须稠秀为男性美的特征。稠是相当茂密,秀是相当疏朗。相法上所谓"根根见底",就是浓疏合度的意思。喜剧演员贾波林,若是嘴上没有那一撮胡子,恐怕要减少很大一部分的滑稽相和愁苦相。那一撮胡子,在希特勒嘴上像糊上了一块膏药,真是恶人恶相,讨人嫌。长胡子要保持清洁,不能让它擀成毡,不能拖泥带水,更不能窝藏虱子,虱子纵然"屡游相须,曾蒙御览",仍然是邋遢。

写《乌托邦》的英国作家托马斯·莫尔,在上断头台的时候,对行刑者说:"我的胡子没有犯罪,请勿切断我的胡子。"于是撂起他的一把大胡子,延颈受戮。这是标准的"断头台上的幽默"。我们至少可以想象到他对他的胡子是多么关心。

佛家对于胡子则有时视为相当神圣。《法苑珠林》有这样一段记载:

> 佛告阿难:"汝取我髭,合六十二茎,我欲造塔。"阿难取付世尊。佛告诸罗刹:"我施汝二茎,当造七宝函及造旃檀塔,盛髭供养,可高四十由旬,余六十髭亦随造函塔,可高三丈。"又告诸罗刹:"守护,勿使外道、恶人、魔鬼、毒龙,妄毁此塔。此塔为汝命根,汝必护塔。"

按说万法皆空,不得以肉体见如来,为什么把一茎髭看得这般重要,我参不透。事实上高四十由旬的旃檀塔,谁也没有见过。

　　我们旧剧班中的行头里有所谓"髯口"一项，包括三髯、五髯、三涛髯、夹嘴髯、红虬髯、丑三髯、吊搭髯等等，花样繁多，不及备载。而且这些髯口不仅是装点门面，还可以加以运用，如捋髯、拱髯、推髯、搂髯、端髯、甩髯、喷髯、抖髯、轮髯等等，形成所谓"髯舞"。俗语形容愤怒之状为"吹胡子瞪眼"，在舞台上真有那样的表现。

汰侈

我国自古以来，崇尚节俭，不主汰侈。《左传·庄公二十四年》，鲁大夫御孙谏曰："俭，德之共也；侈，恶之大也。"他的意思是说，有德者皆由节俭来，恶行率自奢靡始。他所以进此谏，只是因为庄公"刻桓宫桷"，在庙椽上加了雕刻而已。丹楹刻桷，皆不合于礼，而近于奢。为君王者亦不可以有失俭德。

其实刻桷应算小事。历来奢侈成风，何代无之？石崇与王恺之竞豪侈相夸，传为美谈！而"五步一楼，十步一阁，廊腰缦回，檐牙高啄"的阿房宫早已创下了穷奢极欲的先例。管仲的镂簋朱纮、山节藻棁，孔子更早就说其小器。我们现在想想，餐具上刻些花纹，颔下拖一条红带子，柱斗拱梁上短柱画些花纹，算得了什么，也值得大惊小怪！然而古时圣人已经见微知著，觉得奢靡之风不可长。孔子一面称管仲为"仁者"，这是不轻许人的誉词，但是一面也抨击他的器小。我们如今的

113

豪门巨贾，有几个不求田问舍大营别墅，甚至有几家理发馆不在铺张扬厉，装潢逾分？

说起理发馆，就令人感慨。一九一二年北京只有一家理发馆，在东单船板胡同西口路北，小屋一间，设座仅二，而顾客盈门。使用西式推子刀剪，理发师穿着西装衬衫，给人印象很深，而印象最深者是他的顶上功夫，头发是由他连薅带剪，其手段如何可以想见。市面上的剃头棚剃头挑存留很久才被淘汰，继之而起的理发馆稍微洁净一些，但还谈不上装潢，顶多墙上挂了一面大镜，镜边一副对联"文章西汉两司马，经济南阳一卧龙"之类，也许再加上几幅西湖风景。小伙计用手拉扯的大风扇算是高级的设备，好像埃及女王克利奥佩特拉也用过这样的扇子。一九一五年我进了清华，学校里的理发室是空屋一大间，环堵萧然，当中木椅一把，靠墙二屉桌一张，屋角洗脸盆木架一具，完了。但是理发师手艺高强，一手按住脑壳，咔嚓咔嚓几剪刀，大事已毕。提一壶热水兜头一浇，揩揩抹抹，然后梳两下子，请你走路，前后顶多不过十分钟，收费一角钱。随后各地理发馆渐有规模，踵事增华，渐趋奢侈了。

台湾经济起飞，理发馆不甘落后，于是有"亚洲第一"的理发厅出现。据报载，该理发厅去年即已大做广告，征求股金四千万元、女理发师三百名、女领台六十名、女经理二十名、女会计十名、女总机六名、播音员三名、修指甲十名、男门童六名，共计员工四百十五名。店址面积一千多坪，加上一百二十个车位，占地近两千坪，备有六名专用司机接送客人。营业项目包括洗脚、修脚、修指甲、擦皮鞋、洗袜子，并提供各式餐饮及老人茶。更令人惊讶的是开张之日，居然顾客如云，座无虚席，生意鼎盛。

自由民主的社会，经济活动概以供求关系为准，只要不违法就不便干涉，至于是否有关社会风气的良窳，则事属道德范畴，应从文化教育方面下手，使之潜移默化。而在上者的示范提倡尤其重要。

就在这"亚洲第一"的理发厅造成轰动的几天之内，报纸揭露另外一则消息：

某公司董事长与总经理的办公厅各占一百一十坪，八位副总经理则占二百二十二坪，每人各拥有办公室、会议室及浴厕共四间，各式座椅十五张。此外尚有会议室大小四十间，高级人员还有两部专用电梯。

有什么样的办公厅，就有什么样的理发厅，不足怪。

领带

　　林语堂先生长南洋大学，虽为时甚短，有两件事却为某些人津津乐道。一是他不赞成打领结，并且身体力行，经常敞着领子，一副萧散的样子。另一是主张教室里不妨吸烟，教授可以嘴里叼着烟斗，学生也可以喷云吐雾，在烟雾弥漫之中传道授业。

　　有些国家的大学里，学生的服装甚不整齐，有件衬衫，加件夹克，就可以跻身黉舍，堂皇地出入。但是教授一定要维持相当的体面，他的一套服装可以破旧邋遢，他颈间系着的领带绝不可少，那是教授的标帜。你看见一位中年以上的夹着书包而系着领带的人施施然直趋教室，不必问即可知道他八成是个教授。也有些偷懒的教师，尤其是夏季，嫌打领结太麻烦，用一根绳子似的东西往颈上一套，上面系着一块石头什么的东西，权且充为领结了，即所谓"bolo tie"。

　　在国外，打领带西装笔挺的传统，大概由两种人在维持。

银行行员与大公司行号应对顾客的职员，他们永远是浑身上下一套西服，光光溜溜一尘不染，系着一条颜色深沉并不耀眼的领带。如果他不修边幅，蓬着头发敞着胸口，谁愿意和他做交易？打上领结就可以增几分令人愉快而且可以令人信赖的感觉。殡仪馆的执事们，为了配合肃穆的气氛，也没有不打领带的。

自从我们这里发生一件儿子勒死爸爸的案子之后，即有人一见领带就发毛。大家都梳辫子的时候，和人打架动手过招，最忌被对方揪住小辫儿，因为辫子被人揪住，就不能自由转动脑袋，势必被人扯得前仰后合，终于落败。那儿子勒死爸爸，只为了讨五十元零用钱未遂，未必蓄意置人于死，可是领结是个活套，越拉越紧，老人家的细细脖子怎禁得起，一时缺氧，遂成千古。领带比辫子危险能致人命。如果不系领带，可能逃过一厄。

系领带也没有什么大不好，只是麻烦些。每天早起盥洗刮脸固定的一套仪式已经够烦，还要在许多条五颜六色的领带中间选择一条出来，打在颈上可能一端长一端短，还需重新再打，打好之后，披上衣服，对镜一照，可能颜色图案与内衣外服都不调和，还需拆了再打。往复折腾两次，不由得人要冒火。其实这个问题容易解决，曾听高人指点：衣装花哨则领带要素，衣装朴素则领带不妨鲜明。懂得这个原则，自由斟酌，无往不利。当然，领带的色彩图案，千奇百怪，总之是要和人

117

的身份相称，也要顾到时地是否相宜。二十多年前有人自海外来，送我一条领带，黄色的，纯黄色的，黄到不能再黄，我一直找不到适当时机佩戴它，烂在箱底，也许过马路斑马线的时候系这领带格外醒目。

人的服装，于御寒之外，本来有求美观的因素在内。男人的西装在色彩方面总嫌单调，系上一条悦目而不骇人的领带也不能算是过分。雄狮有一头蓬散的鬣毛，老虎豹有满身的斑纹斑点，人呢？一脸络腮胡子是常惹人厌的。无可奈何，在脖子上系一条色彩分明的领带，虽说迹近招摇，但是用心良苦。至于说领带系颈，使胸口免受风寒，预防感冒，也许是实情，也许是遁词吧。

领带的起源，其说不一。或谓起源于法国皇帝路易十四时代克罗埃西亚佣兵之颈上的装饰性的领结，即所谓"Cravat"，贵族群起仿效，大革命之后消失了一阵，但是十九世纪初期又复盛行，拜伦的飞扬潇洒的领巾是有名的。一八一八年出版过一本书《领带大全》(*Neckclothiana*)，历数二十多种领带之不同的打法。领带的考证没有什么重要，但是领带之不时地变换式样却是很讨厌的。时而细细长长，时而宽宽大大，造成所谓的时髦。情愿被时髦牵着鼻子走的人实在很多。真正从中获益的是制造领带的厂商。

辑 三

时光

等待一朵花的盛开

一粒沙里看出一个世界，一朵
野花里看出一个天堂。把无限
抓在你的手掌里，把永恒放进
一刹那的时光。

利用零碎时间

我常常听人说，他想读一点书，苦于没有时间。我不太同情这种说法。不管他是多么忙，他总不至于忙得一点时间都抽不出来。一天当中如果抽出一小时来读书，一年就有三百六十五小时，十年就有三千六百五十小时，积少成多，无论研究什么都会有惊人的成绩。零碎的时间最可宝贵，但是也最容易丢弃。我记得陆放翁有两句诗："呼童不应自生火，待饭未来还读书。"这两句诗给我的印象很深。待饭未来的时候是颇难熬的，用以读书岂不甚妙？我们的时间往往于不知不觉中被荒废掉，例如，现在距开会还有五十分钟，于是什么事都不做了，磨磨蹭蹭，五十分钟便打发掉了。如果用这时间读几页书，岂不较为受用？至于在"度周末"的美名之下把时间大量消耗的人，那就更不必论了。他是在"杀时间"，实在也是在杀他自己。

一个人在学校读书的时间是最可羡慕的一段时间，因为他没有生活的负担，时间完全是他自己的。但是很少人充分地把握住这个机会，多多少少地把时间浪费掉了。学校的教育应该是启发学生好奇求知的心理，鼓励他自动地往图书馆里去钻研。假如一个人在学校读书，从来没有翻过图书馆的书目卡片，没有借过书，无论他的功课成绩多么好，我想他将来多半不能有什么成就。

英国的一个政治家兼作者 Willam Cobbett（1762—1835）写过一本书《对青年人的劝告》，其中有一段"利用零碎时间"。我觉得很感动人，译抄如下：

文法的学习并不需要减少办事的时间，也不需要占去必须的运动时间。平常在茶馆、咖啡馆用掉的时间以及附带着的闲谈所用掉的时间——一年中所浪费掉的时间——如果用在文法的学习上，便会使你在余生中成为一个精确的说话者、写作者。你们不需要进学校，用不着课室，无需费用，没有任何麻烦的情形。我学习文法是在每日赚六便士当兵卒的时候，床的边沿或岗哨铺位的边沿便是我研习的座位，我的背包便是我的书架子，一小块木板放在腿上便是我的写字台，而这工作并未用掉一整年的工夫。我没钱去买蜡烛油，在冬天，除了火光以外我很难得在夜晚有任何光，而那也只好等到我轮值时才有。

如果我在这种情形之下，既无父母又无朋友给我以帮助与鼓励，居然能完成这工作，那么任何年青人，无论多穷苦，无论多忙，无论多缺乏房间或方便，还有什么可借口的呢？为了买一支笔或一张纸，我被迫放弃一部分粮食，虽然是在半饥饿的状态中。在时间上没有一刻钟可以说是属于自己的，我必须在十来个最放肆而又随便的人们之高谈阔论、歌唱嬉笑、吹哨吵闹当中阅读写作，而且是在他们毫无顾忌的时间里。莫要轻视我偶尔花掉的买纸、笔、墨水的那几文钱。那几文钱对于我是一笔大款！除了为我们上市购买食物所费之外，我们每人每星期所得不过是两便士。我再说一遍，如果我能在此种情形下完成这项工作，世界上可能有一个青年能找到借口说办不到吗？哪一位青年读了我这篇文字，若是还要说没有时间、没有机会研习这学问中最重要的一项，他能不羞惭吗？

以我而论，我可以老实讲，我之所以成功，得力于严格遵守我在此讲给你们听的教条者，过于我的天赋的能力，因为天赋能力，无论多少，比较起来用处较少，纵然以严肃和克己来相辅，如果我在早年没有养成那爱惜光阴之良好习惯。我在军队获

122

得非常的擢升，有赖于此者胜过其他任何事物。我是"永远有备"：如果我在十点要站岗，我在九点就准备好了。从来没有任何人或任何事在等候我片刻时光。年过二十岁，从上等兵立刻升到军士长，越过了三十名中士，应该成为大家嫉恨的对象；但是这早起的习惯以及严格遵守我讲给你们听的教条，确曾消灭了那些嫉恨的情绪，因为每个人都觉得我所做的乃是他们所没有做的而且是他们所永不会做的。

Cobbett这个人是工人之子，出身寒苦，早年在美洲从军，但是他终于因苦读、自修而成功。他写了不少的书，其中有一部是《英文文法》。这是一个很感动人的例子。

山

最近有幸，连读两本出色的新诗。一是夏菁的《山》，一是楚戈的《散步的山峦》。两位都是爱山的诗人。诗人哪有不爱山的？可是这两位诗人对于山有不寻常的体会、了解与感情，使我这久居城市樊笼的人，读了为之神往。

夏菁是森林学家，游遍天下，到处造林。他为了职业关系，也非经常上山不可。我曾陪他游过阿里山，在传说闹鬼的宾馆里住了一晚，杀鸡煮酒，看树面山（当然没有遇见鬼，不过夜月皎洁，玻璃窗上不住地有剥啄声，造成近似《咆哮山庄》的气氛，实乃一只巨大的扑蛾在扑通着想要进屋取暖）。夏菁是极好的游伴，他不对我讲解森林学，我们只是看树看山，有说有笑，不及其他。他在后记里说："我的工作和生活离不开山，而爬山最能表达一种追求的恒心及热诚。然而，山是寂寞的象征，诗是寂寞的，我是寂寞的。"

有一些空虚

就想到山，或是什么不如意。

山，你的名字是寂寞，

我在寂寞时念你。

普通人在寂寞时想找伴侣，寻热闹，夏菁寂寞时想山。山最和他谈得来。其中有一点泛神论的味道，把山当作是有生命的东西。山不仅是一大堆、高高一大堆的石头，要不然怎能"相对两不厌"呢？在山里他执行他的业务，显然他更大的享受是进入"与自然同化"的境界。

山，凝重而多姿，可是它心里藏着一团火。夏菁和山太亲密了，他也沾染上青山一般的妩媚，他的诗，虽然不像喜马拉雅山，不像落基山那样的岑崟参差，但是每一首都自有丘壑，而且蕴藉多情。格律谨严，文字洗练，据我看像是有英国诗人郝斯曼的风味，也有人说像佛劳斯特。有一首《每到二月十四日》，我读了好多遍，韵味无穷。

每到二月十四，

我就想到情人市，

想到相如的私奔，

范仑铁诺的献花人。

每到二月十四

125

想到献一首歌词。

那首短短的歌词，
十多年还没写完：
　还没想好意思，
　更没有谱上曲子。
我总觉得惭愧不安，
每到二月十四。

每到二月十四，
我心里澎湃不停，
要等我情如止水，
也许会把它完成。

原注："情人市（Loveland）在科罗拉多北部，每逢二月十四日装饰得非常动人。"我在科罗拉多州住过一年，没听说北部有情人市，那是六十多年前的事了（一九六〇年时人口尚不及万）。不过没关系，光是这个地方就够引起人的遐思。凡是有情的人，哪个没有情人？情人远在天边，或是已经隔世，都是令人怅惘的事。二月十四是情人节，想到情人市与情人节，难怪诗人心中澎湃。

楚戈是豪放的浪漫诗人。《散步的山峦》有诗有书有画，

126

集三绝于一卷。楚戈的位于双溪村绝顶的"延宕斋",我不曾造访过,想来必是一个十分幽雅穷居独游的所在,在那里——

可以看到

山外还有

　山山山山

山外之山不是只露一个山峰

而是朝夕变换

呈现各种不同的姿容

谁知望之俨然的

山也是如此多情

谢灵运《山居赋》序:"古巢居穴处者曰岩栖,栋宇居山者曰山居……山居良有异乎市廛。抱疾就闲,顺从性情。"楚戈并不闲,故宫博物院钻研二十年,写出又厚又重的一大本《中国古物》,我参观他的画展时承他送我一本,我拿不动,他抱书送我到家,我很感动。如今他搜集旧作,自称是"古物出土",有诗有画,时常是运行书之笔,写篆书之体,其恣肆不下于郑板桥。

山峦可以散步吗?出语惊人。有人以为"有点不通",楚戈的解释是:"我以为山会行走……我并不把山看成一堆死岩。"禅家形容人之开悟的三阶段:初看山是山、水是水,继而山不是山、水不是水，终乃山还是山、水还是水。是超凡入圣、超圣入凡的意思。看楚戈所写"山的变奏"，就知道他懂得禅。他不仅对山有所悟，他半生坎坷，尝尽人生滋味，所谓"烦恼即菩提"，对人生的真谛他也看破了。我读他的诗，有一种说不出的震撼。

夏菁和楚戈的诗，风味迥异，而有一点相同：他们都使用能令人看得懂的文字。他们偶然也用典，但是没有故弄玄虚的所谓象征。我想新诗若要有开展，应该循着这一条路走。

为什么不说实话

听一个朋友说起一个有趣的故事，这是个老故事，但我是初次听见，所以以为有趣。他说：

有一家酒店，隔壁住着好几个酒徒，酒徒竟偷酒喝，偷酒的方法是凿壁成穴，以管入酒缸而吸饮之，轮流吸饮，每天夜晚习以为常。酒店老板初而惊讶酒浆损失之巨，继而暗叹酒徒偷饮技术之精，终乃思得报复之道。老板不动声色，入晚于置酒缸之处改置小便桶一，内中便溺洋溢，不可向迩。夜深人静，酒徒又来吮饮，争先恐后，欲解馋吻。甲尽力一吸，饱尝异味，挤眉咧嘴，汩汩自喉而下，刚要声张，旋思我若声张，别人必不再来上当，我独自吃亏，岂不太冤枉乎？有亏大家吃。于是甲连呼"好酒！好酒"而退。乙继之，亦同样上当，亦同样不肯独自上当，亦连呼"好酒好酒"而退。丙丁戊己，循序而饮，以至于全体酒徒均得分润。事毕环立，相视而笑。

我听过这个故事之后，心里有一点儿明白为什么有些人不肯说老实话。有些人宁愿自己吃亏，宁愿跟着别人吃亏，宁愿套引别人跟着他吃亏，而也不愿意把自己所实感的坦白直说出来。因为说出来之后，别人就不再吃亏，而他自己就显着特别委屈。别人和他同样地吃亏，他就觉得有人陪着他吃亏了，不冤枉了。

我又想：万一其中有一个心直口快，把老实话脱口而出，这个人将要受怎样的遭遇呢？我想这个人是不受欢迎的，并且还要受到诅咒，尤其是那些已经饮过小便而貌作饮过醇酿的人必定要骂这个人是个呆瓜！

要下水，大家拖下水。谁也不说老实话，说老实话就是呆瓜！

这种心理，到处皆然，要不得！

玛克斯·奥瑞利阿斯
—— 一位罗马皇帝同时是一位苦修哲学家

　　二十年前（大约1948年）偶然在一本《读者文摘》上看到一段补白："每日清晨对你自己说：'我将要遇到好管闲事的人、忘恩负义的人、狂妄无礼的人、欺骗的人、嫉妒的人、骄傲的人。他们所以如此，乃是因为他们不能分辨善与恶。'"这几句话很使我感动。这是引自玛克斯·奥瑞利阿斯的《沉思录》。这一位一千八百多年前的罗马皇帝与哲人，至今仍存在于许多人心里，就是因为他这一部《沉思录》含有许多深刻的教训，虽不一定是字字珠玑，大部分却是可以发人深省。英国批评家阿诺德写过一篇评论，介绍这一位哲人的思想，收在他的批评文集里，语焉不详，难窥全貌。我最近才得机会读其全书，并且迄译一遍，衷心喜悦之余，愿为简单介绍。

　　玛克斯·奥瑞利阿斯（Marcus Aurelius）生于西历纪元一百二十一年，卒于一八〇年，是罗马贵族。父祖父俱为显宦。他受过良好的教育，主要的是斯托亚派（Stoic）哲学，自幼即学习着过一种简单朴素的生活，习惯于吃苦耐劳，锻炼筋骨。他体质素弱，但勇气过人，狩猎时擒杀野猪毫无惧色，但对于骄侈逸荡之事则避之唯恐若浼。当时罗马最时髦的娱乐是赛车竞技。每逢竞赛之日，朝野轰动，甚至观众激动，各依好恶演成门户，因仇恨而厮杀打斗。对于此种放肆过分之行为，玛克斯独不以为然。他轻易不到竞技场去，有时为环境所迫不能免俗，他往往借故对于竞技不加正视，因此而备受讥评。

玛克斯于四十岁时即帝位。内忧外患相继而来，战云首先起自东方，北方边境亦复不靖，罗马本土亦遭洪水泛滥，疫疬饥馑，民穷财尽，局势日非。玛克斯出售私人所藏珠宝，筹款赈灾。其对外作战最能彪炳史册的一役是一七四年与 Quadi 族作战时几濒于危，赖雷雨大作而使敌人惊散，转败为胜，史称其军为"雷霆军团"。后东部总督误信玛克斯病死之讯，叛变称帝，玛克斯不欲引起内战，表示愿逊位以谢，叛军因是纷纷倒戈，新军领袖被刺死，玛克斯巡抚东方，叛军献领袖头颅，玛克斯怒，不予接受，并拒见其使者，说："我甚遗憾竟无宽恕他的机会。"赦免其遗族不究，宽宏大量，有如是者。屡次亲征，所向皆克，体力已不能支，一八〇年逝于多瑙河之滨，享年五十九岁。

作为一个军人，玛克斯是干练的，武功赫赫，可为佐证。

作为一个政治家，玛克斯是实际的。他虽然醉心于哲学，并不怀有任何改造世界的雄图。他承先人余烈，尽力守成，防止腐化。在统治期间权力稍过于集中，但为政力求持平，用法律保护弱者，改善奴隶生活，蔼然仁者之所用心。在他任内，普建慈善机关，救护灾苦民众，深得人民爱戴。论者尝以压迫基督教一事短之，其实此乃不容讳言之事，在那一时代，以他的地位，压迫异教是正常事，正无需曲予解脱。

《沉思录》(*Meditations*) 是玛克斯的一部札记，分为十二卷，共四百八十七则。除了第一卷像是有计划地后添上去的之外，都没有系统，而且重复不少，有的很简单，只占一两行，有的多至数十行。原来这部书本不是为了出版给人看的，这是作者和他自己心灵的谈话的记录，也是作者"每日三省吾身"的记录，所以其内容深刻而诚恳。这部书怎样流传下来的已不甚可考，现只存有抄本数种，不过译本很多，曾译成拉丁文、美文、法文、意大利文、德文、西班牙文、挪威文、俄文、捷克文、波兰文、波斯文等，在英国一处，十七世纪刊行二十六种版本，十八世纪五十八种，十九世纪八十一种，二十世纪截至一九〇八年，已有三十种。这部书可以说是对全世界有巨大影响的少数几部书之一，可以称得起是爱默生所谓的"世界的书"。

玛克斯的《沉思录》是古罗马斯托亚派哲学最后一部重要典籍。斯托亚派哲学的始祖是希腊的季诺，大概是生存于纪元前三百五十年至纪元前二百五十年之际，他生于塞普洛斯岛。此岛位于东西交通线上，也可说是一个东西文化的接触点，东方的热情、西方的理智，无形中汇集于他一身。他在雅典市场的画廊（stoa）设帐教学，故称为斯托亚派哲学之鼻祖。Seneca、Epictetus与玛克斯是这一派哲学最杰出的三个人。这一派哲学特别适合于罗马人的性格，因为罗马人是特别注重实践的，而且性格坚强，崇尚理性。斯托亚派的基本的宇宙观是唯物主义加上泛神论，与柏拉图之以理性概念为唯一的真实存在的看法正相反。斯托亚派哲学家认为只有物质的事物才是真实的存在，但是在物质的宇宙之中遍存着一股精神力量，此力量以不同形式而出现，如火，如气，如精神，如灵魂，如理性，如主宰一切的法则，皆是。宇宙是神，人民所崇拜的神祇只是神的显示。神话传说皆是寓言。人的灵魂也是从神那里放射出来的，而且早晚还要回到那里去。主宰一切的原则即是使一切事物为了全体的利益而合作。人的至善的理想即是有意识地为了共同利益而与天神合作。除了上述的基本形而上学之外，玛克斯最感兴趣的是伦理观念，时至今日，他的那样粗浅的古老的形而上学是很难令人折服的，但是他的伦理观念却有很大部分依然非常清新而且可以接受。据他看，人生最高理想即是按照宇宙自然之道去生活。所谓"自然"，不是任性放肆之谓，而是上面所说的"宇宙自然"。人生中除了美德便无所谓善，除了罪恶之外便无所谓恶。所谓美德，主要有四：一是智慧，所以辨善恶；二是公道，以便应付人事悉合分际；三是勇敢，借以终止苦痛；四是节制，不为物欲所役。外界之事物，如健康与疾病、财富与贫穷、快乐与苦痛，全是些无关轻重之事，全是些供人发挥美德的场合。凡事有属于吾人能力控制范围之内者，有属于吾人不能加以控制者，例如爱憎之类即属于前者，富贵尊荣即属于后者。总之，在可能范围之内需要克制自己，人是宇宙的一部分，所以对宇宙整体负有义务，应随时不忘自己的本分，致力于整体的利益。有时自杀也是正当的，如果生存下去无法尽到做人的责任。

玛克斯并不曾努力建立哲学体系，所以在《沉思录》里我们也不能寻得一套完整的哲学，但其中的警句极多，可供我们玩味。例如关于生死问题，玛克斯反复叮咛，要我们有一个正确的观念。他说：

你的每一桩行为，每一句话，每一个念头，都要像是一个立刻就要离开人生的人所发出来的。

莫以为你还有一万年可活，你的命在须臾了。趁你还在活着，还来得及，要好好做人。

全都是朝生暮死的，记忆者与被记忆者都是一样。

你的命在须臾，不久便要烧成灰，或是几根骨头，也许只剩下一个名字，也许连名字都留不下来。

不要蔑视死，要欢迎它，因为这是自然之道所决定的事物之一。

对于视及时而死为乐事的人，死不能带来任何恐怖。他服从理性做事，多做一点，或少做一点，对于他是一样的。这世界多看几天或少看几天，也没有关系。

玛克斯经常地谈到死，他甚至教人不但别怕死，而且欢迎死。他慰藉人的方法之一是教人想想这世界之可留恋处是如何的少。一切宗教皆以"了生死"为一大事。在罗马，宗教是非常简陋而世俗的，人们有所祈求则陈设牺牲，匍匐祷祝，神喜则降福，神怒则为祸殃。真正的宗教信仰与热情，应求之于哲学。玛克斯的哲学的一部分实在即是宗教。他教人对死坦然视之，这是自然之道。凡是自然的皆是对的。"我按照自然之道进行，等到有一天我便要倒下去做长久的休息，把最后的一口气吐向我天天所从吸气的空中去，倒在父亲所从获得谷类、母亲所从获得血液、乳妈所从获得乳汁的大地上……"这说得多么自然、多么肃穆、多么雍容！

　　人在没有死以前是要努力做人的。人是要去做的。做人的道理在于克己。早晨是否黎明即起，是否贪睡懒觉。事情虽小，其意义所关甚巨。这是每天生活斗争中之第一个回合。玛克斯说："在天亮的时候，如果你懒得起床，要随时作如是想：'我要起来，去做一个人的工作。'我生来即是为做那工作的，我来到世间就是为做那工作的，那么现在就去做又有何可怨的呢？我是为了这工作而生的，应该蜷卧在被窝里取暖吗？'被窝里较为舒适呀！'那么你是生来为了享乐的吗？"玛克斯的卧房极冷，两手几乎不敢伸出被外，但是他清晨三点或五点即起身，玛克斯要人克制自己，但并不主张对人冷酷，相反的，他对人类有深厚的爱，他主张爱人、合作，他最不赞成发怒，他说："脸上的怒容是极其不自然的，怒容若是常常出现，则一切的美便立刻消失，其结果是美貌全灭而不可复燃。"他主张宽恕。他说："别人的错误行为应该由他自己去处理。""如果他做错事，是他作孽，也许他没有做错呢？""你因为一个人的无耻而愤怒的时候，要这样问你自己：'那个无耻的人能不在这世界存在吗？'那是不能的，不可能的事不必要求。""别人的错误行为使得你震惊吗？回想一下你自己有无同样的错误。""你如果对任何事情迁怒，那是你忘了这一点，一切事物都是按照宇宙自然之道而发生的；一个人的错误行为不干你的事；还有，一切发生之事，过去如此，将来亦如此，目前到处亦皆如此。"

　　玛克斯克己苦修，但不赞同退隐。他关心的乃是如何做与公共利益相符合的事，他的生活态度是积极入世的。修养在于内心，与环境没有多大关系。他说："一般人隐居在乡间，在海边，在山上，你也曾最向往这样的生活，但这乃是最为庸俗的事，因为你随时可以退隐到你自己心里去。一个人不能找到一个去处比他自己的灵魂更为清静——尤其是如果他心中自有丘壑，只消凝神一顾，立刻便可获得宁静。"还真是得道之语。他又说："过一种独居自返的生活。理性的特征便是面对自己的正当行为及其所产生的宁静和平而怡然自得。"这就是"明心见性"之谓，玛克斯和我们隔有十八个世纪之久，但是因为他的诚挚严肃的呼声，开卷辄觉其音容宛在，栩栩如生。法国大儒Renan在一八八一年说："我们人人心中为玛克斯·奥瑞利阿斯之死而悲戚，好像他是昨天才死一般。"一个苦修的哲学家是一个最可爱的人，至于他曾经做过皇帝一事，那倒无关重要了。

管仲之器小哉

以前在一张《国语日报》上偶然看到一位胡坤仲先生写的《管仲之器小乎》一文，他说起高一"国文"第十二课司马光的《训俭示康》有"管仲镂簋朱纮，山节藻棁，孔子鄙其小器"一语，当时学生提出质问："管仲那么奢侈，孔子怎么说他器量狭小？"这一问把胡先生问得愣住了。

《论语·八佾》："子曰：'管仲之器小哉！'或曰：'管仲俭乎？'曰：'管氏有三归，官事不摄，焉得俭？''然则管仲知礼乎？'曰：'邦君树塞门，管氏亦树塞门；邦君为两君之好，有反坫，管氏亦有反坫；管氏而知礼，孰不知礼？'"孔子说管仲器小，是以俭与礼二事为证。在孔门哲学中，俭与礼都是极关重要的修身法门，所以子贡称赞孔子的美德是温良恭俭让，俭最要紧，由俭可以知礼，因为都是属于克己的功夫。管仲奢侈，有三个小公馆，生活靡费，所以孔子说他器小。所谓"器"，就是器量，也可解为器识。器有大小，非关才学。

镂簋朱纮，山节藻棁，都是俭德有亏的明证。

何谓器小，何谓量大？于此有一旁证说明之。《魏志·文帝纪》注："若贾谊之才敏，筹画国政，特贤臣之器，管晏之姿，岂若孝文大人之量哉？"孝文是否大人之量，姑不具论。我们要注意的是，行文之间"贤臣之器"与"大人之量"是对等的名词。贤臣之器，管晏之姿，是比较小的。贤臣而器小，即管晏之辈也。

管仲不是一个简单的人，虽然在私人品德方面不无出入，在事功方面却颇有可称者。《论语·宪问》："子曰：'桓公九合诸侯，不以兵车，管仲之力也。如其仁，如其仁！'"九合诸侯（即纠合诸侯之谓），不用战争手段，谁能像他这样的仁！所谓"仁"，是指他之不用武力而能纠合诸侯这件事而言。孔子又说："管仲相桓公，霸诸侯，一匡天下，民到于今受其赐，微管仲，吾其被发左衽矣！"这是说管仲不比匹夫匹妇之短见，不肯自经于沟渎，留着自己的一条命为国家人民办大事，故不能说"管仲非仁者"。这也是就事论事，赞美管仲之事功而已，并不是泛论管仲之全部的人格，更没有说管仲是一个品学无亏的仁者。

太史公于《管晏列传》之篇末，另有一解，他说："管仲世所谓贤臣，然孔子小之。岂以为周道衰微，桓公既贤，而不勉之至王，乃称霸哉？"不辅弼桓公为帝为王，而乃以称霸为终极之目的，孔子之所以小管仲者盖在于此。这是司马迁的臆测，孔子未必有这种想法，看孔子对管仲的事功之极口称赞，便可知孔子必无是想。据《论语》所载，孔子小管仲，只是批评他的俭与礼方面的缺乏。司马光在《训俭示康》文中所涉及的管仲一事，显然与司马迁的解释毫不相干。孔子鄙薄管仲之为人，并不抹杀其事功，月旦人物不是正应如此吗？

书

　　从前的人喜欢夸耀门第，纵不必家世贵显，至少也要是书香人家才能算是相当的门望。书而曰香，盖亦有说。从前的书，所用纸张不外毛边连史之类，加上松烟油墨，天长日久密不通风自然生出一股气味，似沉檀非沉檀，更不是桂馥兰薰，并不沁人脾胃，亦不特别触鼻，无以名之，名之曰书香。书斋门窗紧闭，乍一进去，书香特别浓，以后也就不大觉得。现代的西装书，纸墨不同，好像有一股煤油味，不好说是书香了。

　　不管香不香，开卷总是有益。所以世界上有那么多有书癖的人，读书种子是不会断绝的。买书就是一乐，旧日北平琉璃厂隆福寺街的书肆最是诱人，你迈进门去向柜台上的伙计点点头便直趋后堂，掌柜的出门迎客，分宾主落座，慢慢地谈生意。不要小觑那位书贾，关于目录版本之学他可能比你精。搜访图书的任务，他代你负担，只要他摸清楚了你的路数，一有所获，立刻专人把样函送到府上，合意留下翻看，不合意他拿走，和和气气。书价吗，过节再说。在这样情形之下，一个读书人很难不染上"书淫"的毛病，等到四面卷轴盈满，连坐的地方都不容易匀让出来，那时候便可以顾盼自雄，酸溜溜地自叹："丈夫拥书万卷，何假南面百城？"现代我们买书比较方便，但是搜访的乐趣，搜访而偶有所获的快感，都相当地减少了。挤在书肆里浏览图书，本来应该是像牛吃嫩草，不慌不忙的，可是若有店伙眼睛紧盯着你，生怕你是一名雅贼，你也就不会怎样的从容，还是早些离开这是非之地好些。更有些书不裁毛边，干脆拒绝翻阅。

"郝隆七月七日，出日中仰卧，人问其故，答曰：'我晒书。'"（见《世说新语》）郝先生满腹诗书，晒书和日光浴不妨同时举行。恐怕那时候的书在数量上也比较少，可以装进肚里去。司马温公也是很爱惜书的，他告诫儿子说："吾每岁以上伏及重阳间，视天气晴明日，即设几案于当日所，侧群书其上以曝其脑。所以年月虽深，终不损动。"书脑即是书的装订之处，翻页之处则曰书口。司马温公看书也有考究，他说："至于启卷，必先视几案洁净，藉以茵褥，然后端坐看之。或欲行看，即承以方版，未尝敢空手捧之，非唯手汗渍及，亦虑触动其脑。每至看竟一版，即侧右手大指面衬其沿随覆，以次指面撚而挟过，故得不至揉熟其纸。每见汝辈多以指爪撮起，甚非吾意。"（见《宋稗类钞》）我们如今的图书不这样名贵，并且装订技术进步，不像宋朝的"蝴蝶装"那样的娇嫩，但是读书人通常还是爱惜他的书，新书到手先裹上一个包皮，要晒，要揸，要保管。我也看见过名副其实的收藏家，爱书爱到根本不去读它的程度，中国书则锦函牙签，外国书则皮面金字，庋置柜橱，满室琳琅，真好像是琅嬛福地，书变成了陈设、古董。

有人说："借书一痴，还书一痴。"有人分得更细："借书一痴，惜书二痴，索书三痴，还书四痴。"大概都是有感于书之有借无还。书也应该深藏若虚，不可慢藏诲盗。最可恼的是全书一套借去一本，久假不归，全书成了残本。明人谢肇淛编《五杂组》，记载一位："虞参政藏书数万卷，贮之一楼，在池中央，小木为彴，夜则去之。榜其门曰：'楼不延客，书不借人。'"这倒是好办法，可惜一般人难得有此设备。

读书乐，所以有人一卷在手往往废寝忘食。但是也有人一看见书就哈欠连连，以看书为最好的治疗失眠的方法。黄庭坚说："人胸中久不用古今浇灌之，则尘俗生其间，照镜觉面目可憎，对人亦语言无味。"这也要看所读的是些什么书。如果读的尽是一些猥屑的东西，其人如何能有书卷气之可言？宋真宗皇帝的《劝学诗》，实在令人难以入耳："富家不用买良田，书中自有千钟粟。安居不用架高堂，书中自有黄金屋。出门莫恨无人随，书中车马多如簇。娶妻莫恨无良媒，书中自有颜如玉。男儿欲遂平生志，五经勤向窗前读。"不过是把书当作敲门砖以遂平生之志，勤读五经，考场求售而已。十载寒窗，其中只是苦，而且吃尽苦中苦，未必就能进入佳境。倒是英国

144

十九世纪的罗斯金，在他的《芝麻与白百合》第一讲里，劝人读书尚友古人，那一番道理不失雅人深致。古圣先贤，成群的名世的作家，一年四季地排起队来立在书架上面等候你来点唤，呼之即来挥之即去。行吟泽畔的屈大夫，一邀就到；饭颗山头的李白、杜甫也会联袂而来；想看外国戏，环球剧院的拿手好戏都随时承接堂会；亚里士多德可以把他逍遥廊下的讲词对你重述一遍。这真是读书乐。

我们国内某一处的人最好赌博，所以讳言书，因为书与输同音，读书曰读胜。基于同一理由，许多地方的赌桌旁边忌人在身后读书。人生如博弈，全副精神去应付，还未必能操胜算。如果沾染书癖，势必呆头呆脑，变成书呆子，这样的人在人生的战场之上怎能不大败亏输？所以我们要钻书窟，也还要从书窟里钻出来。朱晦庵有句："书册埋头无了日，不如抛却去寻春。"是见道语，也是老实话。

谈话的艺术

　　一个人在谈话中可以采取三种不同的方式，一是独白，一是静听，一是互话。

　　谈话不是演说，更不是训话，所以一个人不可以霸占所有的时间，不可以长篇大论地絮聒不休，旁若无人。有些人大概是口部筋肉特别发达，一开口便不能自休，绝不容许别人插嘴，话如连珠，音容并茂。他讲一件事能从盘古开天地讲起，慢慢地进入本题，亦能枝节横生，终于忘记本题是什么。这样霸道的谈话者，如果他言谈之中确有内容，所谓"吐佳言如锯木屑，霏霏不绝"，亦不难觅取听众。在英国文人中，约翰逊博士是一个著名的例子。在咖啡店里，他一开口，老鼠都不敢叫。那个结结巴巴的高尔斯密一插嘴便触霉头。Sir Oracle 在说话，谁敢出声？约翰逊之所以被称为当时文艺界的独裁者，良有以也。学问、风趣不及约翰逊者，必定是比较的语言无味，如果喋喋不已，如何令人耐得！

有人也许是以为嘴只管吃饭而不作别用，对人乃钳口结舌，一言不发。这样的人也是谈话中所不可或缺的，因为谈话，和演戏一样，是需要听众的，这样的人正是理想的听众。欧洲中古时代的一个严肃的教派Carthusian monks以不说话为苦修精进的法门之一，整年地不说一句话，实在不易。那究竟是方外人，另当别论，我们平常人中却也有人真能寡言。他效法金人之三缄其口，他的背上应有铭曰："今之慎言人也。"你对他讲话，他洗耳恭听，你问他一句话，他能用最经济的词句把你打发掉。如果你恰好也是"毋多言，多言多败"的信仰者，相对不交一言，那便只好共听壁上挂钟之嘀嗒嘀嗒了。钟会之与嵇康，则由打铁的叮当声来破除两人间之岑寂。这样的人现代也有，相对无言，莫逆于心，吧嗒吧嗒地抽完一包香烟，兴尽而散。无论如何，老于世故的人总是劝人多听少说，以耳代口，凡是不大开口的人总是令人莫测高深；口边若无遮拦，则容易令人一眼望到底。

谈话，和作文一样，有主题，有腹稿，有层次，有头尾，不可语无伦次。写文章肯用心的人就不太多，谈话而知道剪裁的就更少了。写文章讲究开门见山，起笔最要紧，要来得挺拔而突兀，或是非常爽朗，总之要引人入胜，不同凡响。谈话亦然。开口便谈天气好坏，当然亦不失为一种寒暄之道，究竟缺乏风趣。常见有客来访，宾主落座，客人徐徐开言："您没有出门啊？"主人除了重申"我没有出门"这一事实之外，没有法子再作其他的答话。谈公事，讲生意，只求其明白清楚，没有什么可说的。一般的谈话往往是属于"无题""偶成"之类，没有固定的题材，信手拈来，自有情致。情人们喁喁私语，总是有说不完的话题，谈到无可再谈，则"此时无声胜有声"了。老朋友们剪烛西窗，班荆道故，上下古今无不可谈，其间并无定则，只要对方不打哈欠。禅师们在谈吐间好逞机锋，不落迹象，那又是一种境界，不是我们凡夫俗子所能企望得到的。善谈和健谈不同，健谈者能使四座生春，但多少有点霸道，善谈者尽管舌灿莲花，但总还要给别人留些说话的机会。

话的内容总不能不牵涉到人，而所谓人，则不是别人便是自己。谈论别人则东家长西家短全成了上好的资料，专门隐恶扬善则内容枯燥听来乏味，揭人阴私则又有伤口德，这其间颇费斟酌。英文gossip一字原义是"教父母"，尤指教母，引申而为任何中年以上之妇女，再引申而为闲谈，再引申而为飞短流长，而为长舌妇，可见这种毛病由来有自，"造谣学校"之缘起亦在于是，而且是中外皆然。不过现在时代进步，这种现象已与年纪无关。谈话而专谈自己当然不会伤人，并且缺德之事经自己宣扬之后往往变成值得夸耀之事。不过这又显得"我执"太深，而且最关心自己的事的人，往往只是自己。英文的"我"字，是大写字母的"I"，有人已嫌其夸张，如果谈起话来每句话都用"我"字开头，不更显得自我本位了吗？

在技巧上，谈话也有些个禁忌。"话到口边留半句"，只是劝人慎言，却有人认真施行，真格地只说半句，其余半句要由你去揣摩，好像文法习题中的造句，半句话要由你去填充。有时候是光说前半句，要你猜后半句；有时候是光说后半句，要你想前半句。一段谈话中若是破碎的句子太多，在听的方面不加整理是难以理解的。费时费事，莫此为甚。我看在谈话时最好还是注意文法，多用完整的句子为宜。另一极端是，唯恐听者印象不深，每一句话重复一遍，这办法对于听者的忍耐力实在要求过奢。谈话的腔调与嗓音因人而异，有的如破锣，有的如公鸡，有的行腔使气有板有眼，有的回肠荡气如怨如诉，有的于每一句尾加上一串咯咯的笑，有的于说完一段话之后像鲸鱼一般喷一口大气，这一切都无关宏旨，要紧的是说话的声音之大小需要一点控制。一开口便血脉偾张，声震屋瓦，不久便要力竭声嘶，气急败坏，似可不必。另有一些人的谈话别有公式，把每句中的名词与动词一律用低音，甚至变成耳语，令听者颇为吃力。有些人唾腺特别发达，三言两句之后嘴角上便积有两摊如奶油状的泡沫，于发出重唇音的时候便不免星沫四溅，真像是痰唾珠玑。人与人相处，本来易生摩擦，谈话时也要保持距离，以策安全。

独来独往
——读萧继宗《独往集》

    狮子和虎，在猎食的时候，都是独来独往；狐狸和犬，则往往成群结队。性情不同，习惯各异，其间并不一定就有什么上下优劣之分。萧继宗先生的集子名曰"独往"，单是这个标题就非常引人注意。

    萧先生非常谦逊，在自序里说："我老觉得一旦厕身文学之林，便有点不尴不尬，蹩手蹩脚之感，所以我自甘永远做个'槛外人'。""这几篇杂文，可说是闭着眼睛写的。所谓闭着眼睛也者，是从没有留心外界的情形，也就是说与外界毫没干涉，只是一个人自说自话，所以叫它《独往集》。"客气尽管客气，作者的"孤介"的个性还是很明显地流露了出来。所谓"自说自话"，就是不追逐时髦，不被别人牵着鼻子走，不说言不由衷的话。写文章本应如此。客气话实在也是自负话。

    萧先生这二十六篇杂文，确实可以证明这集子的标题没有题错，每一篇都有作者自己的见地，不人云亦云，这样的文章在如今是并不多见的。作者有他的幽默感，也有他的正义感，这两种感交织起来，发为文章，便不免有一点恣肆，嬉怒笑骂，入木三分了。

我且举一个例，就可以概其余。集中《哆嗦》一篇，对于"喜欢掉书袋做注解的先生们"该是一个何等的讽刺。我年来喜欢读杜诗，在琉璃厂搜购杜诗各种版本及评解，花了足足两年多的时间买到六十几种（听说徐祖正先生藏有二百余种，我真不敢想象！），我随买随看，在评注方面殊少当意者。我们中国的旧式的学者，在做学问方面（至少表现在注诗方面者）于方法上大有可议之处。以仇兆鳌的详注本来说，他真是"矻矻穷年"，小心谨慎地注解，然后"缮写完备，装潢成帙"。进呈康熙皇帝御览的，一大堆的资料真积了不少，在数量上远超过以往各家的成绩，可是该注的不注，注也注不清楚，不该注的偏偏不嫌辞费连篇累牍刺刺不休，看起来真是难过。（不仅仇兆鳌注诗如此，他如吴齐贤的《杜诗论文》，其体例是把杜诗一首首作成散文提要，也一样的是常常令人摸不着要领。）对于先贤名著，不敢随意讥弹，但是心里确是有此感想。如今读了萧继宗先生的文章，真有先获我心之感，他举出了仇兆鳌所注《曲江》一首为例，把其中的可笑处毫不留情地揭发出来，真可令人浮一大白。萧先生虽未明说，这篇文章实在是对旧式学究的一篇讽刺。研究中国文学的人要跳开"词章"的窠

151

臼，应用新的科学的整理方法方能把"文章遗产"发扬光大起来。

萧先生在最后一篇《立言》里临了说出这么一句："今后想要立言，而且想传世不朽的话，只有一条大路，即是向科学方面寻出路。"这是一句可以发人猛省的话。

清秋琐记

一

绥夫特（Swift）说："人人想长寿，谁都不愿老。"衰老是长寿的必需条件，衰老期间愈长，寿才能愈长。质言之，老而不死则谓之寿。不见夫"人瑞"乎？一个个的都满脸皱褶，活像一个老猕猴。

我们的老庄对于寿的看法，颇为透辟。老子曰："死而不亡者寿。"人死之后，还留下一点什么可供怀念，便是"死而不亡"，便是不朽，便是寿。可不是世俗所谓"冥寿"。

《庄子·至乐》篇说："人之生也，与忧俱生。寿者惽惽，久忧不死，何之苦也！"富贵寿考皆不足以为乐。

二

《咆哮山庄》第七章有一段论爱情的话："在一个饿人面前

153

放下孤单的一盘食物，他会集中全部食欲，绝不辜负这一盘食物；而另一种情况则是给他一整桌法国厨师为他安排的筵席，他也许能从整桌筵席得到一样多的享乐，但是每一样食物在他的关切与记忆中，仅仅是极微小的一部分。"

独享一菜远胜过大吃筵席。不是饥不择食，是情有所钟。

三

歌德《浮士德》第二诗章最后一行：

Das Ewiq-Weibliche zeist uns hinen.

（The Eternal Feminine draws us upward.）

永恒的女性使我们向上。

话是不错。不过不是每个女人都能发挥她本来具有的"永恒的女性"。女人也很可能是祸水。

巢塞《尼姑的故事》提到一句拉丁语：

In principio mulier est hominis confusio.

（Woman is man's downfall.）

正是我们所谓"祸水"之说。女人可能引人向上，亦可能成为祸水，男人亦然。唯纯洁醇厚之女性，确是永恒的，确是引人向上的一股力量。

四

《北史·崔儦传》："不读五千卷书者，无得入此室。"

刘禹锡《陋室铭》："谈笑有鸿儒，往来无白丁。"

"白丁"就是没有读过书的平民，也就是没有功名的人。晤言一室之内，尽是高雅之人，当然是人生一大快事。但是鸿儒自古就不多有，如今更是少见。而且你自己必须是一位鸿儒，然后鸿儒才欣然肯来。

其实瓜棚豆架之下与老农闲话桑麻，也自有一番情趣。唯官宦与市侩多不可近耳。

五

明初陶宗仪，贫士也。客松江，躬亲稼穑，暇则休于树阴。有所得，摘叶书之，贮一破盎，十年积盎以十数。一日发而录之，得三十卷，名《辍耕录》。

士之有志于著述者，固不必要有宽敞之书房与精致之文房四宝。

155

六

《左传·昭公二十三年》："叔孙所馆者，虽一日必葺其墙屋，去之如始至。"东汉郭泰（林宗）每行宿逆旅，辄躬行洒扫，及明日去，人至见之，曰："此必郭有道宿处也。"

古之人，有此风范者不多见。今之人，无论矣。

七

西班牙国王拉曼三世（Abd-er Rahman Ⅲ，960）曾说：

I have now reigned about 50 yrs in victory or peace, beloved by my subjects, dreaded by enemies, respected by allies. Riches and honors, power and pleasure, have waited on my call, nor doth my earthly blessing appear to have been wanting to my felicity. In this situation, I have dilligently numbered the days of pure and genuine happiness, which have fallen to my lot: they amounted to 14.

我于胜利或和平之中统治国家约五十年，为臣民所爱戴，为敌人所畏惧，为盟邦所尊敬。财富与荣誉，权力与享受，呼之即来，人间之福祉从不缺乏。在此境遇之中，我曾勤加计算，一生中纯粹真正的幸福日子，总共十四天耳。

南面王之乐不过如此。我辈试加回忆：一生之中，为欢几何？包括父母膝下的温馨、恋爱的狂欢、室家的甜蜜、友朋的宴乐、工作的成就，其乐当不下于南面王。

八

《近思录》卷十一："伊川先生曰：古人生子，能食能言而教之。大学之法，以豫为先。人之幼也，知思未有所主，便当以格言至论日陈于前，虽未晓知，且当薰聒，使盈耳充腹，久自安习，若固有之，虽以他言惑之，不能入也。"幼年可塑性高，容易先入为主，似此强力灌输熏习之法，与养成慎思明辨之教育理想，岂不大相径庭？

九

明儒曹端，学者称"月川先生"，笃志性理，躬行实践，据说其座下着足处两砖为穿。卒时州人罢市巷哭。著有《孝经述解》《四书详说》《存疑录》《夜行烛》《月川语录》《曹月川集》等书。曾自榜一联：

157

勤、勤、勤、勤，不勤难为人上人；

苦、苦、苦、苦，不苦如何通今古？

横额曰：勤苦斋。

十

"风马牛不相及"一语，首见于《左传·僖公四年》，有多种解释。此语实应溯至《尚书·费誓》："马牛其风，臣妾逋逃，勿敢越逐。"郑玄谓："风，走逸也。"大意是："马牛走失，不要去追赶。""风马牛不相及"是引申语，喻距离远，各不相干。

十一

西谚有云："少看一些东西，才能看到更多的东西，才能看得更清楚。"（With less to see, we see more and see it more clearly.）"生平意不在多"大概就是这个道理，达摩面壁，大概也是这个意思。

十二

拉丁文谚语：Sutor ne supra crepidam judicaret.（鞋匠勿谈

鞋楦以外的事。）对于自知为门外汉的事，最好少开口，往往
开口便错。但人往往不自知。

做内行人，说内行话，不要做戾家，被人讥为"力把"。

<h1 style="text-align:center">十三</h1>

英国十七世纪诗人何立克（Herrick）有一首小诗《她
的脚》：

> 她的美足一双，
>
> 像是蜗牛一样，
>
> 刚刚爬出来一点点，
>
> 然后像是玩"躲躲藏藏"，
>
> 很快地又缩到里边。
>
> Her pretty feet
>
> Like snails did creep
>
> A little out, and then,
>
> As if they started at bo-peep
>
> Did soon draw in again.

当时妇女着长裙，如何立克生于今日，当另有一种写法。

十四

悼亡诗的起源，据赵瓯北《陔余丛考》说，是这样的：

> 《南史》：宋文帝时，袁皇后崩，上令颜延之为哀策，上自益"抚存悼亡，感今怀昔"八字，此"悼亡"之名所始也。

案：宋文帝在位是四二四至四五三年。晋潘安仁（247—300）早有悼亡诗，远在宋前，不知道赵翼何以有此失。

十五

梅尧臣《悼亡三首》之三：

> 从来有修短，岂敢问苍天？
> 见尽人间妇，无如美且贤。
> 譬令愚者寿，何不假其年？
> 忍此连城宝，沉埋向九泉。

语似夸张。人间妇他能见几人？唯其笃爱之情则甚真挚。

十六

无鬼论应以荀子为最早，比王充早二百余年。《荀子·解蔽篇第二十一》：

> 夏首之南有人焉，曰涓蜀梁。其为人也，愚而善畏。明月而宵行，俯见其影，以为伏鬼也；卬视其发，以为立魅也。背而走，比至其家者，失气而死，岂不哀哉！凡人之有鬼也，必以其感忽之间，疑玄之时正之。此人之所以无有而有无之时也。而已以正事。故伤于湿而击鼓鼓痹，则必有敝鼓丧豚之费矣，而未有俞疾之福也。

这一段文字大体可解。夏首，夏水之源，在今湖北境内。楚人多信鬼。涓蜀梁，姓涓名蜀梁。卬，同仰。失气，犹言断气。感忽，犹言恍惚。疑玄，犹言疑眩。正，王念孙曰："正当为定，声之误也。"今江西一带尚有读"正"为"定"者。正之，认定其为有鬼也。无有而有无之时，谓以有为无，以无为有之时也，犹言真相莫明之时。而已以正事，据以断定事之有无。伤于湿而击鼓鼓痹……，患湿则肢体麻痹，信鬼者击鼓烹豚以禳之，徒费而不能愈疾也。（见王先谦《荀子集解》）

十七

名演员奥利维尔（Lawrence Olivier）说：

It's frightly important for the tragedian to be a comedian. Otherwise, he will be inhuman, I love comedy every bit as much as tragedy.

一个悲剧演员必须也是一个喜剧演员，否则他欠缺人性。我爱喜剧一点也不在悲剧之下。

人生本有悲喜两面，不可偏枯。不过所谓喜剧，不是滑稽，不是博人一笑的人与事，而是另一种观赏人生的态度。

十八

鸟入樊笼，仁人所悯。有时开笼放鸟，鸟亦有自动飞回就食者。兽困于栏，则不复能外出为害，但兽亦窃喜，有栏保护，人不复能伤害于它。凡事皆宜从双方设想。

十九

或问：人生的目的究竟是什么？

就自然现象而论，一是觅食，以求糊口维生，一是繁殖，以求传宗接代。但人为万物之灵，不仅要满足自然要求，还要进而自立目标。一方面是充实自己，在知识上、情感上、享受上、工作上，都要追求完美。另一方面是图利他人，立功立德立言是所谓"太上三不朽"，其实也是人人都应该致力的目标。

二十

曾见一首咏梅小词，忘作者姓氏。词云：

剪雪裁冰——
有人嫌太瘦，
又有人嫌太清，
都不是，我知音。

谁是我知音？
孤山人姓林。
自从西湖别后，
辜负我，到如今！

假梅花之口吻，诉说知音之难得。纵有一知音，亦一去而不返。寂寞心情，跃然纸上。

二十一

晋惠帝九岁立为太子，愚意不学，时天下大乱，民多饿死，帝曰："何不食肉糜？"成为千古笑谈。童子何知，出此骇语！

法路易十六之后玛丽·安朵奈闻人民叫嚣，问左右，左右曰："人民无面包，饿，故鼓噪。"后曰："何不食蛋糕？"后未必真是毫无心肝，恐是轻佻之幽默语。

二十二

英诗人柯律芝《老水手之歌》，有这样一节：

> 一天又一天，一天又一天，
> 我们停在那里，不喘气，不动弹，
> 像是一艘图画中的船，
> 停在一幅图画中的海面。

描写得很精彩，疑系纯出想象。近读《冯鹏年和您谈天》一文（七四·九·二七《中华日报》），却有一番解释，他说：

> 在南北半球约纬度三十五度处，有一个下沉气

流带，也叫作"副热带高气压"区，海上无风，陆上少雨，因此世界上的大沙漠区都在南北纬三十五度附近。帆船时代，一旦有船舶进入这一区域，因为无风，往往耽搁许多时日。……柯律芝所描述的，便是帆船进入（这区域）以后水手们的感受与心情。

可见诗人想象也不是完全没有事实根据。

二十三

早起是一种习惯。

《朱子语类》卷第一百四："某自是不能晚起。虽甚病。才见光，亦便要起，寻思文字。才稍晚，便觉似宴安鸩毒，便似个懒惰底人，心里便不安。须是早起了，却觉得心下松爽。"

朱子如此自励，愧煞世之懒人！

二十四

散文的艺术，像春蚕作茧，缕缕情思都是从自家心里吐出。像缀网劳蛛，章法丝丝入扣。有时像山涧小溪，汩汩而流，有时像激湍悬布，奔腾澎湃。人人作风不同，各极其致。

二十五

人生如爬山，千辛万苦爬上了巅峰，如愿以偿，踌躇满志但是不能久住，也许个把星期，也许四五十年，终归要踉跄下山。得意的时光只可充回忆。

二十六

亚瑟王的故事"The Knight of the Cart"有这样一段话：

> 今之人恋爱不过七夜，便必须满足其欲望。按理此种恋情不能持久，因太匆促。今日之恋爱大抵如是。旧日恋爱却不如此，男女相悦可以拖延七年而不及于乱，故其爱情真而忠。

中古之时已有人心不古之叹，性开放之今日又如何?

二十七

《西班牙的悲剧》(Thomas Kyd: *The Spanish Tragedy*, I, 2, 15) 有这样的一句：

Qui jocet in terra, non habet unde cadat.

（He who lies on the ground, has not whence he may fall.）

躺在地上的人不会跌倒。

这很像我们老庄一派的想法。

冯芝生先生有一次在北碚演讲时说："我是永远不会被人打倒的，因为我根本没有站立起来。"今读其《三松堂自序》，方知此老不仅有理论，且能实践。

　　　　　　　　本篇原载于1987年12月台北
　　　　　　　　《联合文学》第三卷第七期。

乐趣

不开口笑是痴人

我们的两场相声，给后方的几百个观众以不少的放肆的大笑。人生难得开口笑，我们使许多愁眉苦脸的人开口笑了。

奖券

"人无横财不富，马无夜草不肥。"这道理谁不知道？靠了一点微薄的收入，维持一家的温饱，还要设法撙节，储备不时之需，那份为难不说也罢。可是各种形式的巧取豪夺，若是自己没有那种能耐，横财又从哪里来呢？馅饼会从天上掉下来吗？若真从天上掉下来，你敢接吗？说不定会烫手，吃不了兜着走。

有人想，也许赌博可以带来一笔小小的横财。"舍不得孩子套不着狼"，筹得一点赌资，碰碰运气，说不定就有斩获。打麻将吧，包括卫生的与不卫生的两种在内，长期地磨手指头，总会有时缔造佳绩，像清一色、杠上开花什么的，还可能会令人兴奋得大叫一声而亡，或一声不响地溜到桌下。不过这种奇迹不常见。推牌九吧，一翻两瞪眼，没得说的，可是坐庄的时候若是翻出了"皇上"，统吃，而且可以吃十三道的注子，这笔小财就足够折腾好几天了。常言道，久赌无赢家，因为赌资只有那么多，赌来赌去总额不会多，只有越来越少，都被头家抽头拿去了。赌博不是办法，运气不好还可能被捉将官里去。

无已，买彩票吧。彩票，今称奖券。买奖券也是撞大运，也是赌博的一种，花少量的钱，希冀获得大奖。奖，是劝勉的意思。《左传·昭公二十二年》："无亢不衷，以奖乱人。"买奖券的人不一定是乱人，但也绝不一定是善人。花几十块钱买彩票，何功何德，就会使老天爷（或财神爷）垂青于你？或者只能说那是靠坟地的风水，祖上的阴功。但是谁都愿试一试看，看坟地风水如何，祖上有无阴功。一试不成，再试，试之不已，也许有一天财气会逼人而来。若是始终不能邀天之幸，次次落空，则所失有限，也不必多所怨尤。

奖券既是赌的性质，赌是不合法的，难道不怕有人来抓赌？这又是过虑。奖券如公然发售，必然是合法的，究竟合的是什么法，民法、刑法、银行法，就不必问。奖券所得如果是为了拨作公益或充裕国帑，更不妨鼓励投机，投机又有何伤？从来没听说过什么人因买奖券而倾家荡产，也从来没听说过什么人因买了奖券就不务正业。

我没买过奖券，不是不想发财，是买了奖券之后，念兹在兹，神魂颠倒，一心以为大奖之将至，这一段悬宕焦急的时间不好过。若是臆想大奖到手之后，如何处分那笔横财，买房好还是置地好，左思右想地拿不定主意，更增苦痛。其实中奖的机会并不大，猫咬尿泡的结果不能免，所以奖券还是由别人去买，这笔财由别人去发，安分守己，比较妥当。人无横财不富，看着别人富，不也很好吗？

如今时尚是处处模仿西方国家，西方国家有专靠赌博维持命脉的，也有借赌博以广招徕的所谓赌城，各地人士趋之若鹜。我们的国家尚未沦落到这个地步，我们顶多在餐馆用膳的时候，常突然闯进不速之客，有男女老少，每个都低声下气地兜售奖券。他并不强销，他和颜悦色。他不受欢迎的时候多，偶尔也有拒绝买券而又慷慨解囊的人，那就像是施舍了。

统一发票是良好制度，而且月月开奖。除了观光饭店和书店之外，很少商家不费唇舌就开发票给我。我若索取，他会应我所求，但是脸上的颜色有时就不好看。所以我不强求，但是每月也积有若干张，开奖翌日报纸上揭露出来，核对号码的时候觉得心在跳。若干年来没有得过一次奖，最起码的尾字奖也不曾轮到过我，只怪自己命小福薄。后来经高人指点，我才知道统一发票的持有人需将发票的号码剪下来贴在明信片上寄交某处，然后才有资格参加摇奖，这是在发票的下端印得明明白白，然而那两行字体特别小，怪我自己昏聩没有注意。可是统一发票带给我无数次的希望，无数次的失望，我并没有从此厌恶统一发票。相反地，统一发票帮过我一次大忙。我和菁清到一个饭店吃自助餐，餐毕付钱，侍者送来零头和发票。我们走到出口处就被人一把揪住了："怎么，没付账就走？"吃白食是我一辈子没想到要做的事。我没有辩白，拿出统一发票给他看。当场受窘的不是我。满脸通红的也不是我。奖券都不买，统一发票还兑什么奖？从此，发票一到手，一出商店门，便很快地把它投到应该投的地方去。

看样子，我是与奖无缘。

头发

据考古学家的想象，周口店的北京人都是披头散发的，脑袋上像是顶着一个拖把。古代的夷狄曾被形容为"披发左衽"，那长发垂肩的样子也是可以想象得到的。好像在古代发式是不分男女的，都像是披头疯子似的。人类文明进展，才知道把头发挽起来，编起来，结起来，加上笄，加上簪，弄成牛屎堆似的一团，顶在头上，扒在脑后，女人的髻花样渐渐繁多起来，美其名曰"云鬟雾鬓"。

台湾语谓头发为"头毛"，我觉得很好，"毛"字笔画少，而且简明恰当。身体肤发受之父母，岂敢毁伤，其实这是瞎扯，锡克族的男子真是那样的迂，满脸胡须像刺猬一般，长发缠头如峨大冠，那副"红头阿三"的样子不能令人起敬。马掌厚了要削，人的指甲长了要剪，为什么头发不可以修理呢？人的头部是需要保护的，尤其是脑袋里真有脑筋的人，硬硬的头盖骨似乎还嫌不够，上面非再厚厚地生一层毛不可。但是这些头毛，在冷的地方不足以御寒，抵不过一顶瓜皮小帽，在热的地方就能使得头皮闷不通风，而且很容易培养一些密密丛丛的小动物在头发根处传宗接代，使得人痒得出奇，非请麻姑来搔不可。头发被谥为"烦恼丝"，不是没有道理的。削发出家不是容易事，出家人不用天天梳头实在令人羡煞。和尚买篦梳，是永远没有的事。有人天生的头发稀疏，甚至牛山濯濯，反倒要千方百计地搜求生发剂，即使三五根头发也要涂抹润发膏。还有人干脆把死人的头发顶在自己的头上，自欺欺人。

有过梳辫子经验的男人应该还记得小时候早晨起来梳小辫儿的麻烦，长大了之后进剃头棚的苦恼。满清入关，雷厉风行的是剃头。所谓剃头，是用剃刀从两鬓到脑后刮得光光的，以露出青皮为度，然后把脑袋顶上的长发梳成猪尾巴似的长辫子。（现在的戏剧演员扮演清代角色，往往只是把假辫子一条往头上一套，根本没有剃光周圈的头发，完全成了大姑娘的发式，雌雄不辨。）小辫儿被外国人奚落，张勋的辫子兵是现代史的笑柄，而辫子之最大的祸害则是一旦被人抓住便很难挣脱。

草坪经常修剪，纵然不必如茵似锦，也不能由它满目蒿莱。头发亦然。名士们不修边幅，怒发蓬松，其尤甚者可能被人指为当地八景之一，这都无可置评。在美国，水手式的平头已很少见，偶然在街头出现，会被人误会他是刚从监狱里服满刑期的犯人，我记得胡适之先生毕生都保持着这种发式，择善

175

固执。如今披头猸獗，头发唯恐不长、不脏、不乱，其心理是反抗文明，返回到原始的状态。其实归真返璞是很崇高的理想，勘破世网尘劳，回到湛然寂静的境界，需要极度坚忍的修持功夫才能亲身体验，如果留长了头发就能皈返自然，天下哪有这样便宜的事！女孩子们后脑勺子一把"清汤挂面"是不大好看，不过一定要烫成一个"鸟窝"，或是梳成一个"大柳罐"，我也看不出其美在哪里。

鼾

　　我初到南京教书那一年，先是被安置在一间宿舍里，可巧一位朋友也是应聘自北平来，遂暂与我同居一室。夜晚就寝，这位相貌清癯仪态潇洒的朋友，头刚沾枕，立刻响起鼾声，不是普通呼噜呼噜的鼾声，他调门高，作金石声，有铜锤花脸或是秦腔的韵味，而且在十响八响的高亢的鼾声之后，还猛然带一个逆腔的回钩。这下子他把自己惊醒了，可是他哼哼唧唧地蠕动了几下，又开始奏起他的独特的音乐。我不知所措，彻夜无眠。

　　过两天这位朋友搬走了，又来了一位心广体胖脂腴特丰的朋友，他在南京有家，看见我室有空床，决意要和我联床夜话。他块头大、气势足，鼾声轰隆轰隆，不同凡响。凡事应慎之于始，我立即拿起一只多余的绣花枕头，对准他的床上掷去，他徐徐地开言道："你是嫌我鼾声太大吗？"原来他尚未睡熟，只是小试啼声，预演的性质。我毫无办法，听他演奏通宵达旦。

我本来没有打鼾的习惯，等到中年发福，又常以把盏为乐，"三日不饮酒，觉形神不复相亲"，于是三日一小饮，五日一大醉，隗然卧倒，鼾声如雷。我初不自知，当然亦不肯承认，可是家人指控历历如绘，甚至于形容我的呼声之高，硬说我一呼一吸之际，屋门也应声一翕一张。小女淘气，复于我鼾声大作之时，录声为证。无法抵赖，只得承招。但是我还要试为自己解脱，引证先贤亦复尔尔，不足为病，未可厚非。黄山谷题苏东坡书后有云："东坡居士性喜酒，然不能四五龠，已烂醉就卧，鼻鼾如雷。"可见贤者不免，吾又何尤？

鼾声扰人，究竟不是好事。记得有人发明过一种"止鼾器"，睡时纳入口中，好像就能控制口腔内某一部分的筋肉使之不能颤动，自然就不会发出鼾声。我没见过这种伟大的发明，也不知道有什么情愿一试的人做过实验。这种东西没有流行到市面上来，很快地就匿迹销声，不是证明其为无效，是证明人对于鼾的厌恶尚未深刻到甘心情愿以异物纳入口腔的程度。

如果不是在人卧榻之侧制造噪音，扰人清睡，打鼾似乎没有多大害处。有些医学家可不这样想。报载：

【合众国际社密歇根安那柏一九七六年十一月十九日电】一位研究睡眠失常的专家指出，鼾声太大可能对健康有害；情况严重的，甚至会使你的心脏停止跳动。

史丹福大学睡眠失常门诊中心主任狄蒙博士在密歇根大学的内科医师会议上指出，有打鼾毛病的人几乎无法真正睡一晚好眠。

他说，鼾声大的人，每一千位成年男人中，平均有一人当他睡着时心脏有停止跳动的危险。……当他们的喉头上部与口腔组织过度松弛时，就切断了通向肺部的空气。……这些睡眠者因此必须挣扎喘气，以吸取空气至肺内。严重时，此种循环一晚可能发生四百次，其中包括心跳不规则。这意味一个人在一年内有一千万次他的心跳可能停止的机会。我们猜测发生此种情形的次数，远较医学界所知者为多，因为此种病人醒着时没有心脏病的困扰，而且死后验尸也看不出此种症状。……

我们常听说到的所谓无疾而终，一睡不起，或是溘然坐化，也许其中一部分就是因为有严重的打鼾习惯。我不确知谁是因鼾而停止呼吸而猝然物化，不过打鼾的朋友们确是常有鼾声正酣之际陡然停止出声的情事。在这种情形中，醒着的人都为他担心，生怕他一时喘不过气来而发生意外。通常他是休止几秒钟便又惊醒过来的。陈抟高卧，动辄百余日不起，不知他

179

最后是否于鼾眠中尸解。

若说鼾声悦耳，怕谁也不信。但也有例外，要看鼾声发自何人。我从前有一位朋友卜居青岛汇泉，推开屋门即见平坦广大的海滩，再望过去就是辽阔无垠的海洋，月明风清之夜，潮汐涨退之声可闻，景物幽绝。遥想当年英国诗人阿诺德在多汶海峡听惊涛拍岸时所引发的感触，此情此景大概仿佛。我的朋友却不以为然，他说夜晚听无穷无尽的波涛撞击的音响，单调得令人心烦，海潮音实在听不入耳。天籁都不能令他动心，还有什么音响能令他欣赏呢？他正言相告："要想听人世间最美妙的音乐，莫过于夜阑人静，微闻妻室儿女从榻上传来的停匀的一波一波的鼾声，那时节我真个领略到'上帝在天，世上一片宁谧安详'的意境。"

好几年前，《读者文摘》有一篇说鼾的小文。于分析描述打鼾的种种之后，篇末画龙点睛地补上一笔："鼾声是不是讨人厌，问寡妇。"

写信难

我因为懒得写信，常被朋友们骂。自己也知道是一个毛病，可是改不了。有些人根本不当回事，倒也罢了，我却是一方面提不起笔，一方面却又老惦记着一件大事没做。单单写信，我这一生仿佛就没有如释重负的时候了。我不十分有保存信的习惯，可是我已经存了不止千八百封，这不是为保存，而是为了想答复。虽然遥遥无期。

因为自己有这样一个毛病，就每每推想别个同病的人到底为什么会懒得写信。照我们现在想，大抵不外几个原因：一是写信也要有物质基础，如果文房四宝不太方便，有笔无墨，或笔墨虽有，而墨的胶性太大，笔头又摇摇欲坠，像驾着老牛破车一样，游兴无论多么大，也要索然而返了。纸也很要紧，不要说草纸不能写信，就是宣纸、道林纸，假若大小不一，颜色不齐，厚薄不均，也会扫写信的兴。或者说用钢笔不就得了吗？然而钢笔又有钢笔的难处，不好用的钢笔，用起来比什么都吃力，写不上二三字，又废然了。钢笔头容易变成叉子，到那时恐怕除了画平行线以外，什么也写不出。钢笔杆容易让手指上起一个疙瘩，如果不是大力在后，谁也不愿意去忍痛写信。自来水笔似乎好了，而美国货太贵，国货又不敢领教。坏的自来水笔容易漏水，不是满手有入染坊之嫌，就是信纸会变成汪洋一片，这也败人的兴了。钢笔的问题纵解决，而墨水又成问题，墨水的上层每每清淡如水，写上去若有若无，用到下层时却又有浓得化不开之虞。再换一瓶不同牌子的墨水去用的时候，据说又会让第二瓶墨水起了化学作用，究竟什么化学作用，我们不清楚，可是写在纸上，字形却不信太真了。文房四宝的难关已经如此，如果再加上邮票时刻涨价，每涨一次价，写信的兴致就淡一层。邮票方便，有时确是叫人爱写信的，随便一写，随便一贴，随便一丢，飘飘然，牢骚或者温情是可以达到友好之手了。因此，爱写信的朋友常常早买一批邮票，到了时候一贴。我还见过一位小朋友，他是预备得更周到，把邮票早贴到信封上。别人如果借他的信封用，大概也就同时省了一点物力时力。现在却不行了，早买下邮票吧，几天一涨，旧邮票立刻落伍，贴满了信封，也不够数。我现在就存下不少一元、二元、十元、五十元的邮票，眼看一百元、五百元的邮票又要打到冷宫里了。这样一来，谁愿意早预备邮票，不早预备邮票，写信的事业又受了挫折。

上面所说，都是写信一事的物质基础。另外却也有一些不利于写信的因素。一个人的表现方式，原是有惯性的，如果业已惯于用某一种方式了，大抵不太重视其他的方式。例如一个惯于用日记表现自己的人，每天日记数千言，他大概不再写什么文章了。反之，一个爱好长篇巨制的人，他的日记也势必至如流水账一样简陋。我总觉得爱讲话的人，就未必爱写信。因为见了面，可以天上地下，李家长张家短，海阔天空，多么痛快！谁耐烦用充塞拥挤的心情去写那写也写不痛快的八行书？

　　再则写信与年龄也有关，中学生都是擅长写长信的。老舍说中学生的恋爱只能在半脖子泥写情书的状态下进行，一点儿也不错。谁能怪中学生的时代正是诗人的时代、哲人的时代、情人的时代呢？中学以上，随着这些黄金时代的消失，而信也渐渐变短。大学毕了业，大概就只余下八行，八行也尽多的了。不是吗？

　　写信又和性别有关，男子大概在这上面要见绌一点儿。在同一个公事房里，互递纸条来谩骂或传情，只有女职员才这样做。收到一封不识者的来信，只说讨厌，而心中急于拆阅，并且纵然不理，然而希望不久就再继续收到，这才只有女性为然。我有一次在飞机上，见许多人欠伸欲睡，许多人恶心要吐，可是就有一位客人，在铺上小手提包，伏着身子写信，不用问，那也只有一位小姐可以做得出。小姐似乎为写信看信而活着，大概这话没有毛病。

　　如果不把写信当作一回事的人，有时却也容易写信。因为应酬的信是有套子的，纵然不必搬了"尺牍大全"照抄，而耳触目染，却也已经容得腐词滥调的训练。可也要写一封有情趣的信，虽不必希望让人的子孙将来保存成墨宝，但至少不愿意落入言不由衷的恶札，就大大不易了。孙过庭在《书谱》上讲写好字的条件之一是"偶然欲书"，这也就是兴会。现在何世？兴会何来？倘见一二知己，真要抱头大哭，实在缺乏写寸笺的"偶然欲书"的心情了！

写信也许是擅长应付实际生活的人的本领之一，我每见许多有为之士，有信必发，有时迟了一年半载，但也必须写出奉读某月某日手书的字样，仿佛他特别关心，又特别强记，叫收信的人既感而且佩。这种人大概是一饭三吐哺、一沐三握发的类型里的。反过来，假若居今之世，还不晓得钱的有用，衣冠也不能整齐，不想为世所知，自己也几乎忘了世界，此不实际之尤，对写信也就生疏了。

我虽然找了这许多理由，但自己省察下去，其中并没有一个理由和自己真正相合，糟糕的是，我竟天天惦记着给人写信，然而债台高筑，日增不已，自己的歉疚也就不已，大概是古人所谓"重伤"了。

相声记

我要记的不是听相声，而是我自己说相声。

在抗战期间有一次为了筹什么款开游艺大会，有皮黄，有洋歌，有杂耍，少不了要一段相声。后台老板瞧中了老舍和我，因为我们两个平素就有点贫嘴贱舌，谈话就有一点像相声，而且焦德海、草上飞也都瞻仰过，别的玩意儿不会，相声总还可以凑合。老舍的那一口北平话真是地道，又干脆又圆润又沉重，而且土音土语不折不扣，我的北平话稍差一点，真正的北平人以为我还行，外省人而自以为会说官话的人就认为我说得不大纯粹。老舍的那一张脸，不用开口就够引人发笑，老是绷着脸，如果龇牙一笑，能立刻把笑容敛起，像有开关似的。头顶上乱蓬蓬的一撮毛，没梳过，倒垂在又黑又瘦的脸庞上。衣领大约是太大了一点，扣上纽扣还是有点松，把那个又尖又高的"颏里嗉"（北平土话，谓"喉结"）露在外面。背又有点驼，迈着八字步。真是个相声的角色。我比较起来，就只好去当那个挨打的。我们以为这事有关抗战，义不容辞，于是就把这份差事答应了下来。老舍挺客气，决定头一天他逗我捧，第二天我逗他捧。不管谁逗谁捧，事实上我总是那个挨打的。

本想编一套新词儿，要与抗战有关，那时候有这么一股风气，什么都讲究抗战，在艺坛上而不捎带上一点抗战，有被驱逐出境的危险。老舍说："不，这玩意儿可不是容易的，老词儿都是千锤百炼的，所谓雅俗共赏，您要是自己编，不够味儿。咱们还是挑两段旧的，只要说得好，陈旧也无妨。"于是我们选中了《新洪洋洞》《一家六口》。老舍的词儿背得烂熟，前面的帽子也一点不含糊，真像是在天桥长大的。他口授，我笔记。我回家练了好几天，醒来睁开眼就嚷："你是谁的儿子……我是我爸爸的儿子……"家里人听得真腻烦，我也觉得一点都不好笑。

练习熟了，我和老舍试着预演一次。我说爸爸儿子的乱扯，实在不大雅，并且我刚说"爸爸"二字，他就"啊"一声，也怪别扭的。他说："不，咱们中国群众就爱听这个，相声里面没有人叫爸爸就不是相声。这一节可千万删不得。"对，中国人是觉得当爸爸是便宜事，这就如同做人家的丈夫也是便宜事一样。我记得抬滑竿的前后二人喜欢一唱一答，如果他们看见迎面走来一位摩登女郎，前面的就喊"远看一朵花"，后面的接声说"叫我的儿子喊她妈"。我们中国人喜欢在口头上讨这种阿Q式的便宜，所谓"夜壶掉了把儿"，就剩了一个嘴了。其实做了爸爸或丈夫，是否就是便宜，这笔账只有天知道。

照规矩说相声得有一把大折扇，到了紧要关头，敲在头上拍的一声，响而不疼。我说："这可以免了。"老舍说："行，虚晃一下好了，别真打。可不能不有那么一手儿，否则煞不住。"

一切准备停当，游艺大会开幕了，我心里直扑腾。我先坐在池子里听戏，身旁一位江苏模样的人说了："你说什么叫相声？"旁边另一位高明的人说："相声，就是昆曲。"我心想真糟。

锣鼓歇了，轮到相声登场。我们哥儿俩大摇大摆地踱到台前，深深地向观众鞠了一躬，然后一边一块，面部无表情，直挺挺地一站，两件破纺绸大褂，一人一把大扇子。台下已经笑不可抑。老舍开言道："刚才那个小姑娘的洋歌唱得不错。"我说："不错！"一阵笑。"现在咱们两个小小子儿伺候一段相声。"又是一阵笑。台下的注意力已经被抓住了，后台刚勾上半个脸的张飞也蹭到台上听来了。

老舍预先嘱咐我，说相声讲究"皮儿薄"，一戳就破。什么叫"皮儿薄"，就是说相声的一开口，底下就得立刻哗的一阵笑，一点不费事。这一回老舍可真是"皮儿薄"，他一句话，底下是一阵笑，我连捧的话都没法说了，有时候我们需要等半天笑的浪潮消下去之后才能继续说。台下越笑，老舍的脸越绷，冷冰冰的像是谁欠他二百两银子似的。

最令观众发笑的一点是我们所未曾预料到的。老舍一时兴起，忘了他的诺言，他抽冷子恶狠狠地拿扇子往我头上敲来。我看他来势不善往旁一躲，扇子不偏不倚地正好打中我的眼镜框子。眼镜本来很松，平常就往往出溜到鼻尖上，这一击可不得了，哗啦一声，眼镜掉下来了，我本能地两手一捧，把眼镜接住了。台下鼓掌喝彩大笑，都说这一手儿有功夫。

我们的两场相声，给后方的几百个观众以不少的放肆的大笑，可是我很惭愧，内容与抗战无关。人生难得开口笑，我们使许多愁眉苦脸的人开口笑了。事后我在街上行走，常有人指指点点地说："看，那就是那个说相声的！"

本篇原载于1947年9月7日天津
《益世报·星期小品》第八期，署名绿鸽

鬼

我不信有鬼，除非我亲眼看见鬼。

有人说他亲眼见过鬼，但是我不信他说的话。也许他以为他看见了鬼，其实那不是鬼，杯弓蛇影，一场误会。也许他是有意捏造故事，鬼话连篇，别有用心。

更多的人说，他自己虽然没有见过鬼，可是他有一位亲近而可信赖的人确实见过鬼，或是那亲近而可信赖的人他又有一位亲近而可信赖的人确实见过鬼，言之凿凿，不容怀疑。他不是姑妄言之，而我却是姑妄听之。我不信。

英国诗人雪莱在牛津时作《无神论之必然性》，否认上帝之存在，被学校开除。他所举的理由我觉得有一项特别有理。他说，主张上帝存在的人，应该负起举证的责任，证明上帝存在，不应该让无神论者举证来证明上帝不存在。我觉得此一论点亦适用于鬼。谁说有鬼，谁就应该举证，而且必须是客观具体确实可靠的证据，转口传说都不算数。

王充《论衡》之《论死》《订鬼》诸篇，亟言"人死不为鬼"，"凡天地之间有鬼，非人死精神为之也，皆人思念存想之所致也"。王充是东汉人，距今约两千年，他所说的话虽然未能全免阴阳五行之说的习气，但在那个时代就能有那样的见识，实在难能可贵。他说："夫为鬼者，人谓死人之精神。如审鬼者，死人之精神，则人见之，宜徒见裸袒之形，无为见衣带被服也。……"这话有理，若说人死为鬼，难道生时穿着的衣服也随同变为鬼？

我不信有鬼，但若深更半夜置身于一个阴森森的地方，纵无鬼影幢幢，鬼声啾啾，而四顾无人，我也会不寒而栗。这是因为从小听到不少鬼故事，先入为主，总觉得昏黑的地方可能有鬼物潜伏。小时候有一阵子，我们几个孩子每晚在睡前挤在父亲床前，听他讲一段《聊斋》的鬼狐故事。《聊斋》的笔墨本来就好，经父亲绘影绘声地一讲，直听得我们毛发倒竖。我知道那是瓜棚豆架野老闲聊，但是小小的心灵里，从此难以泯尽鬼物的可怕的阴影。

虽然我没有"雄者吾有利剑，雌者纳之"那样的豪情，我并不怕鬼。如果人死为鬼，我早晚也是一鬼，吾何畏彼哉？何况还有啖鬼的钟馗为人壮胆。我在清华读书的时候，有一次冬寒之夜偕二三同学信步踱出校门购买烤白薯，时月光如水，朔风砭骨，而我们兴致很高，不即返回宿舍，竟觅就近一所坟园，席地环坐，分食白薯。白杨萧萧，荒草没径，我们不禁为之愀然，食毕遂匆匆离去。然亦未见鬼。

在青岛大学，同事中有好事者喜欢扶乩，尝对我说李太白曾经降坛，还题了一首诗。他把那首诗读给我听，我就不禁失笑，因为不仅词句肤浅，而且平仄不调，那位诗鬼李太白大概是仿冒的。不过仿冒归仿冒，鬼总是鬼。能见到一位诗鬼题一首不够格的歪诗，也是奇缘，我就表示愿意前去一晤那位鬼诗人。他欣然同意，约定某日的一夜，那一天月明风清，我到了他住的第八宿舍，那地方相当荒僻，隔着一条马路便是一片乱葬岗。他取出沙盘，焚香默祷，我们两人扶着乩笔，俄而乩笔动了。二人扶着乩笔，难得平衡，乩笔触沙，焉有不动之理？可是画来画去，只见一团乱圈，没有文字可循。朋友说："诗仙很忙，怕是一时不得分身。现在我们且到马路那边的乱葬岗，去请一位闲鬼前来一叙。"我想也好，只要是鬼就行。我们走到一座墓前，他先焚一点纸钱，对于鬼也要表示一点小意思。然后他又念念有词，要我掀起我的长袍底摆，做兜鬼状，把鬼兜着走回宿舍。我们再扶乩，乩笔依然是鬼画符，看不出一个字。我说这位鬼大概不识字。朋友说有此可能，但是他坚持"诚则灵"的道理，他怪我不诚。我说我不是不诚，只是没有诚到盲信的地步。他有一点愠意，最后说出这样的一句："神鬼怕恶人。"鬼不肯来，也就罢了，我不承认我是恶人。我无法活见鬼而已。

我的舅父在金华的法院任职很久，出名的廉明方正，晚年茹素念佛，我相信他不诳语。有时候他公事忙，下班很晚，夜间步行回家，由一个工人打着灯笼带路。走着走着，工人趑趄不前，挤在舅父身边小声说："前面有鬼！"这时候路上还有别的行人。工人说："你看，那一位行人就要跌跤了，因为鬼正预备用绳索绊倒他。"话犹未了，前面那位行人扑通一声跌倒在地。舅父正色曰："不要理会，我们走我们的路。"工人要求他走在前面，他打着灯笼紧随在后。二人昂然走过，亦竟无事。这样的事发生不止一次，舅父也觉得其事甚怪。我有疑问，工人有何异禀，独能见鬼，而别人不能见？鬼又何所为，做此促狭之事，而又差别待遇择人而施？我还是不信有鬼。

鬼究竟是什么样子？也许像"乌盆计"或"活捉三郎"里的那个样子吧？也许更可怕，青面獠牙，相貌狰狞。哈姆雷特看见他父王的鬼，并不可怕，只是怒容满面，在舞台上演的时候那个鬼也只是戏装身上蒙一块白布什么的。人死为鬼，鬼的面貌与生时无殊。吊死鬼总是舌头伸得长长的，永远缩不回去。我不解的是：人是假借四大以为身，一死则四大皆空，面貌不复存在，鬼没有物质的身躯，何从保持其原有相貌？我想鬼还是在活人的心里。疑心生暗鬼。

算命

　　从前在北平，午后巷里有喤喤的敲鼓声，那是算命先生。深宅大院的老爷太太们，有时候对于耍猴子的、耍耗子的、跑旱船的……觉得腻烦了，便半认真半消遣地把算命先生请进来。"卜以决疑，不疑何卜？"人生哪能没有疑虑之事，算算流年，问问妻财子禄，不愁没有话说。

　　算命先生全是盲人。大概是盲于目者不盲于心，所以大家都愿意求道于盲。算命先生被唤住之后，就有人过去拉起他手中的马竿，"上台阶，迈门槛，下台阶，好，好，您请坐。"先生在条凳上落座之后，少不了孩子们过来罗唣，看着他的"孤月浪中翻"的眼睛，和他脚下敷满一层尘垢的破鞋，便不住地挤眉弄眼咯咯地笑。大人们叱走孩童，提高嗓门向先生请教。请教什么呢？老年人心里最嘀咕的莫过于什么时候福寿全归，因为眼看着大限将至而不能预测究竟在哪一天呼出最后一口气，以致许多事都不能做适当的安排，这是最尴尬的事。

"死生有命"，正好请先生算一算命。先生干咳一声，清一清喉咙，眨一眨眼睛，按照出生的年月日时的干支八字，配合阴阳五行相生相克之理，掐指一算，口中念念有词，然后不惜泄露天机说明你的寿数。"六十六，不死掉块肉，过了这一关口，就要到七十三，过一关。这一关若是过得去，无灾无病一路往西行。"这几句话说得好，老人听得入耳。六十六，死不为夭，而且不一定就此了结。有人按算命先生的指点到了这一年买块瘦猪肉贴在背上，教儿女用切菜刀把那块肉从背上剔下来，就算是应验了掉块肉之说而可以免去一死。如果没到七十三就撒手人寰，那很简单，没能过去这一关；如果过了七十三依然健在，那也很简单，关口已过，正在一路往西行。以后如何，就看你的脚步的快慢了。而且无灾无病最快人意，因为谁也怕受床前罪，落个无疾而终岂非福气到家？《长生殿·进果》："瞎先生，真圣灵，叫一下赛神仙来算命。"瞎先生赛神仙，由来久矣。

据说有一个摆摊卖卜的人能测知任何人的父母存亡，对任何人都能断定其为"父在母先亡"，百无一失。因为父母存亡共有六种可能变化：（一）父在，而母已先亡。（二）父在母之前而亡。（三）椿萱并茂，则终有一天父在而母将先亡。（四）椿萱并茂，则终有一天父将在母之前而亡。（五）父母双亡，父在母之前而亡。（六）父母双亡，父仍在之时母已先亡。关键在未加标点，所以任何情况均可适用。这可能是捏造的笑话，不过占卜吉凶其事本来甚易，用不着搬弄三奇八门的奇门遁甲，用不着诸葛的马前时课，非吉即凶，非凶即吉，颜之推所谓"凡射奇偶，自然半收"，犹之抛起一枚硬币，非阴即阳，非阳即阴，百分之五十的准确早已在握，算而中，那便是赛神仙，算而不中，也就罢了，谁还去讨回卦金不成？何况卜筮不灵犹有不少遁词可说，命之外还有运。

韩文公文起八代之衰，以道统自任，但是他给李虚中所作的墓志铭有这样的话："李君名虚中，……最深于五行书，以人之始生年月日所直日辰支干，相生胜衰死王相，斟酌推人寿夭贵贱利不利，辄先处其年时，百不失一二……"言人之休咎，百不失一二，即是准确度到了百分之九十八九，那还了得？这准确的纪录究竟是谁供给的？那时候不会有统计测验，韩文公虽然博学多闻，也未必有闲工夫去打听一百个算过命的人的寿夭贵贱。恐怕还是谀慕金的数目和李虚中的算命准确度成正比例吧？李虚中不是等闲之辈，撰有命书三种，进士出身，韩文公也就不惜摇笔一谀了。人天生的有好事的毛病，喜欢有枝添叶地传播谣言，可供谈助，无伤大雅，"子不语"，我偏要语！所以至今还有什么张铁嘴李半仙之类的传奇人物崛起江湖，据说不需你开口就能知晓你的家世职业，活龙活现，真是神仙再世！可惜全是辗转传说，人嘴两张皮，信不信由你。

瞎子算命先生满街跑，不瞎的就更有办法，命相馆问心处公然出现在市廛之中，谄吉问卜，随时候教。有一对热恋的青年男女，私订终身，但是家长还要坚持"纳吉"的手续，算命先生折腾了半天，闭目摇头，说："嗳呀，这婚姻怕不成。乾造属虎，坤造属龙，'虎掷龙拿不相存，当年会此赌乾坤'。……"居然有诗为证，把婚姻事比作了楚汉争。前来问卜的人同情那一对小男女，从容进言："先生，请捏合一下，卦金加倍。"先生笑逐颜开地说："别忙，我再细算一下。龙从火里出，虎向水中生。龙骧虎跃，大吉大利。"这位先生说谎了吗？没有。始终没有。这一对男女结婚之后，梁孟齐眉，白头偕老。

如果算命是我们的国粹，外国也有他们的类似的国粹。手相之术，柏拉图、亚里士多德亦不讳言之。罗马设有卜官，正合于我们的大汉官仪。所谓 Sortes 抽卜法，将《圣经》、荷马或魏吉尔的诗篇随意翻开，首先触目之句即为卜辞，此法盛行于希腊、罗马，和我们的测字好像是同样的方便。英国自一八二四年公布取缔流浪法案，即禁止算命这一行业的存在；美国也是把职业的算命先生列入扰乱社会的分子一类。倒是我们泱泱大国，大人先生们升官发财之余还可以揣骨看相细批流年，看看自己的生辰八字是否"蝴蝶双飞格"，以便窥察此后升发的消息。在这一方面，我们保障人民自由，好像比西方要宽大得多。

沙发

诗的题材，俯拾即是。而且并没有什么雅俗之分，端视作者的想法与手法是否高雅而已。雅的题目可能写得很俗，俗的亦可能写得很雅。

沙发，一俗物耳，何尝不可入诗?

英国十八世纪末诗人库泊（William Cowper）有一首诗，题名就是《沙发》。他写完《沙发》之后，接连又写了五首，《时钟》《花园》《冬夜》《冬晨散步》《冬午散步》，六首诗于一七八五年合刊为一集，集名为《任务》（*The Task*）。诗人在序言里说：

> 下面诗篇之写作过程简述于后：有一位女士喜爱无韵诗，要作者以此诗体试写一首，并指定题目为《沙发》，他遵命，适闲来无事，乃以另一主题系于其后，随兴之所至信笔写去，起初只想写一琐细小诗，终乃认真从事成为一卷。

事实经过颇为有趣。库泊所谓一位女士是奥斯登夫人，她屡次请他试写无韵诗，有一天他说："如果你给我一个题目，我就写。""啊，你可以写任何题目，"她说，"就写这只沙发好了。"于是他就写了这首诗，其实题目和内容并不相称，作者自己也知道。把约翰·吉尔宾故事讲给他听的也是这一位奥斯登夫人，他听了之后一夜未睡，写成了那首著名的《疯汉骑马歌》。

库泊的诗集刊行后，有人批评其标题"任务"二字为不当，他曾辩白说（见《书翰集》第一八四页）：

> 讲到这标题，我认为是再好不过。一部书包括了这么多的不同的题目，而其中又没有一个是主要的，要想寻一个能概括一切的标题，乃是不可能的。既然如此，引用此诗之所由产生的情况以为标题，似乎是必然的了；我所做的固已超过了所指定的任务，我觉得"任务"一词仍不失为一适当的标题。一座房子总归是一座房子，纵然造房者造出了一座房子比他预计大出了十倍。我大可以仿星期日报纸的例，称之为"杂俎"（olio）；但是那样做实在对我自己不起，因为此集花样虽多，自信尚不杂乱。

这首《沙发》长达七百七十四行，开端是这样的：

我歌咏沙发。我最近歌咏过

"真理""希望"与"慈善"，以惶恐的心情

触过庄严的琴弦，以战栗的手

努力逃离了那探险的翱翔，

如今要休息一下写个平凡的题目；

题材虽然平凡，而情况仍然是

庄严可傲的——因为这是美人之命。

　　紧接着库泊就叙说沙发之历史的演变。首言古代的祖先，没有服装家具，睡在岩石或沙滩之上，随后创制了粗笨简陋的三脚石板凳，演进而为橡木制大坐凳。终于三只脚变成四只脚，座位上铺了软垫，覆以彩色的织锦。印度传进了藤，藤条编成了椅，椅背挺直，坐上去不舒适，座位又滑，坐上去不安稳，两足悬空，踏不着实地。抱怨最多的是女性，于是有靠背与扶手之双人长椅乃应运而生。一点点地进步而成为今日之沙发。

　　沙发宜于患关节炎者所享用（现代医学主张患关节炎者不宜坐沙发，而宜于坐高背硬椅），但是诗人说，宁愿牺牲这种享受，不愿患关节炎。诗人说，他一向爱的是散步于乡间青草铺垫的小路，他从小时候爱的是穿山越岭或是闲游江畔。

　　那时节没有沙发待我享受，

　　那时节我不需要沙发。青春

很快地恢复体力，长期劳动

只引发短期疲乏……

从这幼时漫步乡间的回忆，库泊发挥了他对乡间风景的爱慕。"现在我已不复年轻，而年轻时使我着迷的景物依然是可爱的，依然使我着迷。"他一一地描述乡间的风景、声音、花草、农舍、人物……乡间是可爱的，相反地，城市是可憎的。

虽然美好的事物在

纯朴而优雅的土壤里最能滋长，

也许只有在那里才能茂盛，

可是在城市里便不行；那些

狂傲、闹嚣，而唯利是图的城市！

各地的渣滓秽物都流入

这公共的肮脏的阴沟里来。

他把城市形容成为藏垢纳污的地方，富庶导致懒惰与淫逸，放荡与贪婪。但是库泊也不得不承认，城市孕育艺术、科学与哲学，伦敦是最美的城市也是最恶劣的罪恶渊薮。他的最后结论可以用一行警句作代表：

上帝制造了乡村，人制造了城市。

（God made the country , and man made the town.）

亚瑟王的故事

　　亚瑟王和他的圆桌武士的故事，一向流行很广，尤其是丁尼生把这些故事写成了叙事诗，多有渲染，使其更近于人情，遂成为每个儿童都耳熟能详的通俗读物。骑士踏上征途，茫茫然不知所之，寻求刺激，扶弱抑强，以游侠自任，或除暴客，或斩妖邪，一波未平一波又起的永无休止。中古时期特有的一种浪漫的恋爱观，所谓"高雅的爱"，对意中人奉若神明，唯命是听，赴汤蹈火，在所不辞，而对象又往往是有夫之妇，于是幽会私奔，高潮迭起。凡此种种，把这中古罗曼史点缀得花团锦簇，色彩鲜明，至今仍能给人以新奇的喜悦。

　　亚瑟的故事有很多荒诞不经的地方，像亚瑟的那一把魔剑，能削铁如泥，插在石头里谁也拔不出来，一定要等待"真命天子"才能一拔即出，亚瑟垂死之际这把剑又被抛在水里，水里伸出一只怪手把剑接了过去而逝。帮助亚瑟杀敌致果的魔师梅林，幻术百出，真是神通广大。像这样奇异的穿插，一望而知是诗人的捏造，无论是儿童或成年的爱听故事的人都不妨姑妄听之。但是也有喜欢刨根问底的人，要进一步问亚瑟与其圆桌武士究竟有无其人，是历史上的真实人物，抑或是诗人向壁虚造的资料？因为亚瑟王是第五或第六世纪的人物，而当时各家史籍竟无片言只语涉及其人，偶有提到他的文字亦语焉不详，甚至带有神话意味。所以研究文学与历史的人，大概都对亚瑟故事之真实性持保留的态度。近阅六月二十一日《新闻周刊》，有一段关于亚瑟的报道，如下：

亚瑟王的传说，一直有人信以为真，最近英国的历史学家顿宁（Robert Dunning）在反对方面又添上了他的异议。他写了一本书关于萨摩塞郡的基督教的历史，他说亚瑟王故事至少有一部分是十二世纪的格拉斯顿伯里寺院中的僧侣搞的一项招揽生意的噱头，这寺院据说是亚瑟王及其不贞之后桂妮维亚的埋身之所。据传说，亚瑟王在六世纪中叶，在战斗中受了致命伤，然后由一船载之而去，到了一个名为阿瓦龙的魔岛之上，其地在英格兰之西方。格拉斯顿伯里寺就是建在那个地方，但后于一一八四年毁于火灾。有一天，寺僧掘地为墓，掘出了一个铅质十字架，上有拉丁文字："著名的亚瑟王长眠于此阿瓦龙岛上。"再往深处掘，乃发现庞大的橡木棺，内有一躯体壮大的男子骨骼及一骷髅，左耳上方有曾被击碎模样。尸骨的一边又有一别较小的黏髅，几缕细弱的黄发。

当时一般人都以为这遗骸就是亚瑟王及桂妮维亚。但是顿宁于仔细研究一切有关文献之后，乃得一结论，这可能全是那些僧人编造出来的谎言，借以敛财重建寺院。捐款纷纷而来，但是被狮心王截断了，因为他更感兴趣的是第三次十字军。"人们必须加以诱骗使之继续地慷慨输将，"顿宁说，"伪造文书与欺骗行为好像在最虔诚的宗教人士之间，也不是不常见的。格拉斯顿伯里建筑基金的来势渐行疲软之际，硬指格拉斯顿伯里为阿瓦龙而且发现了亚瑟的墓，岂不是最好的宣传手段？"

凡是传说，当然是不易消灭的。在格拉斯顿伯里之南仅仅十英里的地方，有一群英国考古学家，号称"卡美洛特研究委员会"已经在一座山下掘了好几年，以为那就是亚瑟王宫廷所在的卡美洛特之故址。已故的丘吉尔对于揭发亚瑟王故事之虚伪的人也不大以为然。在他的《英语民族史》里，丘吉尔描述亚瑟王的传说为："其题材之踏实，其灵感之丰富，其为人类遗产之不可分割的一部分，较之《奥德赛》或《旧约》皆无逊色。全是真实的，或者说应该是……"

　　丘吉尔最后一句话是很狡狯的。他知道那不是真实的，所以他补加一句转语"或者说应该是……"，凡是神话之类的东西，日久逐渐成为传统或历史的一部分，一般人明知其虚伪也不愿加以揭发，因为一经揭发，传统或历史不免要损失一部分色彩。传统与历史需要装潢。

辑　五

湛然

慢品烟火　闲观岁月

悲观不是消极，所以自杀的人不是悲观，悲观主义者反对自杀。悲观主义者无时不料想事物的恶化，唯其如此，他才能最积极地生活。换言之，最努力地设法来对付这丑恶的现实。

签字

　　一个人愿意怎样签他的名字，是纯属于他个人的事，他有充分自由，没有人能干涉他。不过也有一个起码的条件，他签字必须能令人认识，否则签字可能失了意义，甚且带来不必要的烦扰。有一次，一个学校考试放榜前夕，因为弥封编号的关系，必须核对报名表以取得真实姓名，不料有一位考生在报名表上的签字如龙飞凤舞，又如春蚓秋蛇，又似鬼画符，非籀非篆，非行非草，大家传观，各做了不同的鉴定。有人说这样的考生必非善类，不取也罢。有人惜才，因为他考试的成绩很好。扰攘了半晌，有人出了高招，轻轻地揭下他的照片，看看照片背面的签字式是否可资比较。这一招，果然有分教，约略地看出了这位匠心独运的考生的真实姓名。对于他的书法，大家都摇头。我没有追踪调查该生日后是否成了一位新潮派的画家或现代派的诗人。

　　支票的签字可以任意勾画，而且无妨故出奇招，令人无从辨识，甚至像是一团乱麻，漆黑一团亦无不可，总之是要令人难以模仿。不过每次签字必须一致，涂鸦也好，墨猪也好，那猪那鸦必须永远是一个模式。在其他的场合就怕不能这样自由。有不相识的人写信给我，信的本身显示他很正常，但是他的正常没有维持到底，他的姓名我无法辨识，而信又有作复的必要。我无可奈何只好把他的签字式剪下来贴在复信的信封上，是否可以寄达我就不知道了。这位先生可能有一种误会，以为他的签字是任何读书识字的人所应该一看就懂的。

我们中国的字，由仓颉起，而甲骨，而钟鼎，而篆，而隶，而行，而草，而楷，变化多端，但是那变化是经过演化而约定俗成的。即使是草书，其中也有一定的标准写法，并不是每个人都可以潦草地任意大笔一挥。所以有所谓"标准草书"，草书也自有其一定的写法。从前小学颇重写字课，有些教师指定学生临写草书《千字文》，现在没有人肯干这种傻事了。翻看任何红白喜事的签到簿，其中总会有些令人啼笑皆非的签字式。有些画家完成钜构之后签名如画押。八大山人的签字式很怪，有人说是略似"哭之笑之"，寓有隐痛。画不如八大者不得援例。

签字式最足以代表一个人的性格。王羲之的签字有几十种样式，万变不离其宗，一律的圆熟隽俏。看他的署名，不论是在笺头或是柬尾，一副翩翩的风致跃然纸上，他写的"之"字变化多端，都是摇曳生姿。世之学逸少书者多矣，没人能得其精髓，非太肥即太瘦，非太松即太紧，"羲之"二字即模仿不得。

有人沾染西俗，遇到新闻人物辄一拥而上，手持小簿，或临时撕扯得零张片楮，请求签名留念。其实那签字之后，下落多半不明，徒滋纷扰而已。我记得有一年，某省考试公费留学，某生成绩不恶，最后口试，他应答之后一时兴起，从衣袋里抽出小簿，请考试委员一一签名留念，主考者勃然大怒，予以斥退，遂至名落孙山。

雁塔题名好像是雅事，其实俗陋可哂。雁塔上题名者不仅是新进士，僧道庶士亦杂列其间。流风遗韵到今未已，凡属名胜，几乎到处都有某某到此一游的题记，甚至于用刀雕刻以期芳名垂诸久远。三代以下唯恐其不好名，不过名亦有善恶之别。我记得某家围墙新敷水泥，路过行人中不知哪一位逸兴遄飞，拾起一块石头或木棍之类，趁水泥湿软未干，以遒劲的笔法大书"王××"三个字。事隔二十余年，其题名犹未漫漶，可惜他的大名实在不雅。

豆腐干风波

踏上美国本土的时候，海关人员就递过一张印刷品，标题是《致光临美国的诸位来宾》，开端是由美国总统写给各国旅客的一封公开信，内容如下：

各国来宾：

　　凡踏上美国国土的人，无需自居为客，因为美国本是由许多国家、肤色与信仰的人们所组成的一个国家。我们崇信个人自由，所以我们共享来自许多国土无数人民的目标与理想。

　　美国欢迎诸位自海外光临，认为这是指向国际了解与世界和平之一重要步骤。诸位即将发现，吾人将热烈地向诸位展示本国种种，但亦同样热烈地谋求关于贵国的认识。无疑地，诸位对于美国必已稔知不少事物，大部分必已访问过本国。本国人民

甚愿贵国有更多的人光临。我们均愿竭尽全力使诸
位之访问愉快而且值得怀念。

美国总统

这一篇官样文章，措词、立意均属平庸，没有骈四俪六，
掷地不会作金石声，但是出语自然，辞能达意，而且由一国元
首出面，和你"忘形到尔汝"地交谈起来，这情形就不寻常
了。这至少在形式上是一种礼貌的表现，礼多人不怪，可以稍
稍抵消一些海关人员经常难免引起的不愉快。

我在今年四月廿一日在美国西部的西雅图办理入境手续并
没有什么大不愉快，除了检查太细，耗时太多以外。当年奥斯
卡·王尔德初抵纽约，海关人员问他："有什么应该上税的东
西要申报吗？"王尔德答道："除了我的天才之外，没有什么
可申报的。"这是王尔德的作风，任何人都会一笑置之的。美
国海关的规定，我早就略知一二，所以我一不带黄金，二不带
"白面"（海洛因），三不带肉松、牛肉干，海关人员检查我的
东西，我无所恐惧。检视护照的时候，一位高高大大的美国佬
在我手提包里翻出一盒官燕，他眉毛竖起，愣住了。

"这是什么东西？"他问。

我据实告诉他："这是'鸟窝'，燕子的窝，可以吃的。"

他好像是忽然想起来了：东部瀛洲是有一种古怪的人，喜
欢吃鸟窝，煨为燕窝汤，还认为有清痰开胃之功。显然他以前

没有看见过这个东西。他立刻高举燕窝，呼朋引类大声喊叫："喂，你们来看，这家伙带了一盒燕窝！"登时有三五人围拢了来。其中有一个年轻小伙子伸长了橡皮脖子，斜着脑袋问我："你爱吃燕窝汤吗？"我为省事起见，点点头。其实我才不爱吃这劳什子，看见这东西我就回忆起六十多年前我祖母每天早晨吃那一盅冰糖燕窝的情形。燕窝是晚上就用水泡着，翌日黎明，老张妈戴上花镜弓着背，用一副镊子细吹细打地摘取燕窝上黏附着的茸毛，然后放在一只小薄铫儿里加冰糖文火细炖。燕子唼鱼吐沫累积成窝固然辛劳，由岛人冒险攀缘摘取以至煮成一盏燕窝汤也不是简单的事，而且其淡而无味和石花菜也相差不多。何苦来哉！

美国海关检查入境行李本来是例行公事，近年来人心不古，美国也壁垒森严了。在行李检查室，旅客大摆长龙，我看着在我前面的人在翻箱倒箧之后的那副尴尬相，我也有点心寒。我的行囊里有一大包豆腐干，这是我带给士耀、文蔷的礼物。住在国外的人没有不想吃家乡食品的，从海外归来的人往往以饱啖烧饼、油条为最大的满足，所以我这一包豆腐干正是惠而不费的最受欢迎的珍品。但是只知道吃热狗、牛肉饼的美国人怎能知道这是什么东西呢？黑不溜秋的，软勒咕唧的，放在鼻头一嗅，又香喷喷的。

"嘿，你这是什么东西？"海关人员发问了。

我据实告诉他："这是豆腐，脱去水分而成豆腐干。"

"豆腐？——"他惊疑地说，摇摇头，他心里大概是说："你不用骗我，我知道豆腐是什么样子，这不是。"他终于忍耐不住表示了疑问："这大概是肉做的吧？"如果这是肉做的，就要在被没收之列，所以我就坚决地否认。我无法详细地对他说明，豆腐是我们汉朝淮南王刘安所创始的，距今已有两千多年，豆腐加工而成为豆腐干，其历史也不会很短。我空口无凭，无法使他相信豆腐干与肉类风马牛不相及。最后他说："你等一等，我请农业部专员来鉴定一下。"这一下，我比较放心，因为我知道近年来美国的知识分子已开始注意到豆腐的营养价值及其烹调方法。果然，那位专员来了，听我陈述一番之后，摸了摸，闻了闻，皱皱眉头，又想了想，一言未发地放我过关。

海关人员朦不搭地饶上这么一句："你们中国人就是喜欢带些稀奇古怪的药品和食物！"

他的话不错，我确是带了不少药品和食物，不过是否稀奇古怪，却很难说。食物种类繁多，各民族有其独特的风俗习惯，少见则多怪。常有外国人说，我们中国人吃蛇、吃狗、吃蚱蜢、吃蚕蛹、吃鱼翅、吃鸟窝……好像是无所不吃，又好像有一些近于野蛮。这就是所谓少见多怪。最近有一位美国人James Trager 写了一本大书 *The Food Book*，讲述自伊甸园起以至今日各地食物的风俗习惯，当然也讲到中国。他说中国人吃猿猴的嘴唇、燕子的尾巴、鸟舌汤、炸狼肉。海外奇谭说得这样离谱，我只好自惭孤陋寡闻了。

　　美国海关人员的态度实在值得称道。他们检查得细致，但是始终和颜悦色，嘴角上不时地出现笑容，说话的声音以使我听见为度，而且不断地和我道几句家常，说几句笑话，最后还加一句客套："祝你旅途愉快！"我在检查室耗费了一个多小时，要生气也没法生气。倒是来接我的家人们隔着玻璃窗在外面等候，有点急得像热锅上的蚂蚁。

　　我和季淑走出检查室，士耀、文蔷带着君达、君迈给我们献上两个花束。这两个孩子为了到机场接我们，在学校请了一天假，级任老师知道了他们请假缘由之后，特从她自己家园中摘取一大把鲜红的郁金香，交给他们作为花束的一部分。谁说美国人缺少人情味？

玛丽·兰姆

《莎士比亚的戏剧故事》是一本世界著名的书，许多人没读过莎士比亚的戏剧而读过这本故事。著者是玛丽·兰姆与查尔斯·兰姆。玛丽是姐姐，比查尔斯年长十一岁，一七六四年生，比他晚死十三年，一八四七年卒。姐弟二人合著这一本书，也是偶然的，他们的朋友高德文主编一部青年丛书（Juvenile Library），约他们参加一本著作，所以这本书有一个副标题"为年轻人而作"。里面包括莎士比亚的二十部戏，其中六部悲剧的故事是查尔斯所作，十四部喜剧故事是玛丽的手笔，英国历史剧和罗马剧以及另外两部喜剧则付阙如。在前几版中玛丽的名字未列在标题页上，虽然她出力较多，而且查尔斯说她写得比他好。这本书刊于一八〇七年，文笔雅洁，保存了不少原剧的字句，而且还时而以不触目的笔调指点出一些道德的教训，所以出版后广受欢迎。我国最早有关莎士比亚的书就是这部书的中译本，好像是林琴南译的，书名是"吟边燕语"。

　　玛丽有遗传的疯病，查尔斯也有一点点。玛丽的情形比较严重，时发时愈，一七九六年她三十二岁，九月二十五日，病发不可收拾，竟至杀死了她天天陪伴同床睡觉的四肢瘫痪的老母亲。这段悲惨的经过，最好是看查尔斯写给柯勒律治的一封信——

　　我最亲爱的朋友——怀特或是我的朋友或是报纸在此际可能已经让你知道了我家发生的惨祸。我只要简单说一下：我的可怜的、可爱的、最可爱的姐姐，一阵病发，杀死了她自己的母亲。我就在近旁，只来得及从她手中夺过刀来。她目前在疯人院。上帝保全了我的神志：我吃、喝、睡，我相信我的判断还很健全。我的可怜的父亲略受微伤，我现在要照料他和我的姑母。基督医院公学的诺利斯先生对我们甚为关拂，我们没有别的朋友；但是，感谢上帝，我很镇定，能办善后之事。请尽量写富于宗教性的信，但别提已过的事。对我而言，"以前的事已属过去"，我要做的事多于我所要感受的。

　　愿上帝掌管我们一切！

　　【附注】不要提起诗。我已毁弃那种一切的表面虚荣。你随你的便，如果你要发表，可以发表（我给你全权）我的，但毋用我的名字或简名，也别送书给我，我求你。你自己的判断力会教你暂勿将此事告知尊夫人。你照顾你的家；我尚有足够的理性与力量照顾我的。我求你，不要起前来看我的念头。写信。你若是来，我不见你。愿上帝眷爱你以及我们所有的人！

　　这封信凄惨极了，关于玛丽发疯的情形写得不够详尽，是年九月二十六日伦敦的《晨报》（*The Morning Chronicle*）有较多的报道，其文如下——

　　星期五午后，验尸官及陪审员们检验霍尔邦区内一位妇人的躯体，她是于前一天被她的女儿杀伤致死的。

　　前此数日，家人已看出她疯狂的一些迹象，到了星期三晚上日益加剧，第二天早晨她的弟弟一清早就去请皮卡因医生——如果他遇到了那位医生，这场灾难就可能避免。

　　这位年轻的女士早年曾经一度发疯，由于工作过度疲乏所致。——她对母亲的态度一向极为孝顺，据说就是因为父母健康不佳需要日夜照料，所以才造成这位不幸的年轻女士这次的疯狂。

　　有些早报说她有一个疯了的弟弟也在疯人院里——这是不实的。

　　陪审团当然做了判决，疯狂。

　　根据所举证据，情形是这样的，家人正在准备晚餐之际，这位年轻小姐抓起桌上放着的一把原来带鞘的餐刀，以威吓的态势追逐一个小女孩满屋跑，小女孩是她的学徒（玛丽在家收学徒为人缝制衣服贴补家用），她的瘫痪不能行动的母亲急叫她不要这样，她放弃原来追逐的目标，尖叫一声扑向她的母亲。

　　那孩子的叫嚷声惊动了这家的男主人，但是晚了一步——母亲在座椅上已经没有命了，她的女儿手持致命的刀茫然地站在旁边，那个老迈的人，她的父亲，额上也淌着血，是因她满屋乱抛叉子而受到重重一击之所致。

　　疯狂者犯罪不处刑，玛丽在疯人院住了一阵也就没事了。但是，她清醒的时候，她不能没有记忆，她比查尔斯多活了十三年，直到一八四七年才逝世，这漫长的岁月她是怎样过的！哈兹利绝口称赞她，说她是他所见到的最聪明最理智的女性。惨剧发生的时候，查尔斯只有二十三岁，他哥哥约翰主张把玛丽长久地送进疯人院，一了百了，但是查尔斯不肯，他坚决在家里服侍姐姐，自己一生未娶，这份牺牲奉献的精神伟大极了。看查尔斯的小品文，温柔细腻，想见其为人。人生苦痛，谁也不免，而凄惨酷烈乃一至于斯！

读《媛珊食谱》

食谱有两种：一种是文人雅士之闲情偶寄，以冷隽之笔，写饮食之妙，读其文字即有妙趣，不一定要操动刀匕，照方调配；另一种是专供家庭参考，不惜详细说明，金针度人。齐夫人黄媛珊女士的食谱（《今日妇女》半月刊社发行）是属于后者，所刊列菜谱凡二十七类一百五十四色，南北口味，中西做法，均能融会贯通，切合实用，实为晚近出版品中一部有用而又有趣的书。

虽然饮食是人之大欲，天下之口有同嗜，但烹调而能达到艺术境界，则必须有高度文化做背景。所谓高度文化，包括一个必要条件，那就是充裕的经济状况。在饥不择食的情形之下，谈不到什么食谱。淮扬的菜能独树一帜，那是因为当年盐商集中在那一带，穷奢极侈，烹饪自然跟着讲究。豫菜也曾盛极一时，那是因为河工人员缺肥，虚糜无已，自然要享受一点口腹之欲。"吃在广州"，早已驰誉全国，那是因为广州自古为市舶之所，海外贸易的中心，所以富庶的人家特多，当然席丰履厚。直到如今广州的菜场特多，鱼肉充斥，可以说甲于全国，据说有些钟鸣鼎食之家所豢养的婢妾往往在烹饪上都各有擅长，每人贡献一样拿手菜，即可成一盛席。只有在贫富悬殊而社会安定生活闲适的状态之下，烹饪术才能有特殊发展。

奢侈之风并不足为训。在节约的原则之下，饮食还是应该考究的。营养的条件之应该顾到，自不待言。即普通日常菜肴，在色、香、味上用一番心，也是有益的事。同样的一棵白菜，同样的一块豆腐，处理的方法不同，结果便大有优劣之判。《媛珊食谱》之可贵处，即在其简明易行，非专为富贵人家设计。

中国的地方大，交通不便，物产种类不同，所以有许多省份各有其独特的烹饪作风。北方的菜有山东、河南两派，山东菜又有烟台与济南之别。北平虽是多年的帝王之都，也许正因为是帝王之都，并没有独特的北平菜，而只是集各省之大成。真正北平地方的菜，恐怕只能以"烧燎白煮"为代表，由于地近满蒙的关系，只能有这种较为原始的烹调，似乎还谈不到烹饪艺术。北平讲究一点的馆子还是以山东菜为正宗，灶上非烟台人即济南人。北方菜，包括鲁豫在内，是自成一个体系的。江浙一带则为另一体系。川黔为又一体系。闽粤为又一体系。有人说北方菜多葱蒜，江浙菜多糖，川黔菜多辣椒，是其不同的所在。这是一说。有人就烹饪技巧而言，则只承认有三大体系，山东、江苏、广东。不过无论怎样分析，从前各省独特的作风，近三十年来已逐渐泯灭而有趋于混合的趋势。从前在饮食上不但省界分明，而且各地著名的饭馆都各有其少数的拿手菜，一时独步，绝无仿效之说。例如在北平，河南馆绝不做"爆肚仁"，山东馆绝不做"瓦块鱼"，你要吃"烩乌鱼钱"就要到东兴楼，你要吃"潘鱼""江豆腐"就要到同和居。在一个馆子里点他所没有的菜，不但无法供应，而且也显示了吃客的外行。近年来则人民流动频繁，固定的土著渐少，而商业竞争剧烈，烹饪之术也跟着彼此仿效，点菜的人知识不够胡乱点菜，做菜的人也就勉强应付。北平顶道地的山东馆也学着做淮扬菜，淮扬馆也掺杂了广东菜。烹饪上已渐实现全国性的大混合。我们读《嫒珊食谱》即可意味到此种混合的趋势。作者是广东人，精于粤菜，但对于北方菜、川扬菜也同样内行。事实上普通中上人家，在吃的艺术上稍微注意一点的，大概无不网罗各地做法改换口味。

　　各省烹饪术的混合在一方面看是不可避免的进步，在烹饪艺术上可能是一项遗憾。姑以烤鸭来说，北平烤鸭（用北平话来说应是"烧鸭子"），原以米市胡同的老便宜坊为最出色，填鸭师傅照例是通州人，鸭种很重要，填喂的技术也有考究。看鸭子把式一手揪着鸭子的脖子吊在半空，一手把预先搓好的两三寸长的饲料一根一根地塞在鸭嘴里，然后顺着鸭子的脖子硬往下捋，如连珠一般地一口气塞下十来条，然后把鸭子掷在一个无法行动的小地方，除了喝水以外休想能有任何运动。如是一天三次，鸭子焉能不肥？吊在炉里烤，密不通气，所以名之为"吊炉烧鸭"。这种烧鸭，在北平到处都有得卖，逐渐米市胡同那一家老便宜坊反倒因为地僻而不被人注意了，终于倒闭。烤鸭现已风行天下，而真正吃到过上好的北平烧鸭者如今又有几人？精烹饪者往往有独得之秘，还附带有许多客观条件，方能独步一时，仿效是不容易达到十分完美境界的。

烹饪的技巧可以传授，但真正独得之秘也不是尽人而能的。当厨子从学徒做起，从剥葱剥蒜起以至于掌勺，在厨房里耳濡目染若干年，照理也应该精于此道，然而神而通之蔚为大家者究不可多得。盖饮食虽为小道，也要有赖于才。要手艺的菜，"火候"固然重要，而"使油"尤为一大关键，冷油、温油、热油，其间差不得一点。名厨难得，犹之乎戏剧的名角，一旦凋谢，其作品便成《广陵散》矣。

一般人通认中国菜优于外国菜。究竟是怎样的优，则我经验不足，不敢妄论。读《媛珊食谱》毕，略述感想，以当介绍。

吃醋

世以妒妇比狮子。(《燕在阁知新录》)

狮子日食醋一瓶。(《续文献通考》)

忽闻河东狮子吼，拄杖落手心茫然。(东坡《寄吴德仁兼简陈季常》)

醋是一种有酸味的液体，以酒发酵酿成者也。是佐味必备之物，吃饺子尤其少不了它，如镇江之醋，如山西老陈醋均为醋中上品。这篇文章说的却不是这种醋，说的是每一个人蕴之于心，形之于外的心理上的醋。

夫妇居室，大凡非相生即为相克。相生是阴阳得济再好没有；若不幸而相克，则从古以来"二虎相争，必有一伤"，当然必有一个克得过，一个克不过。为什么不相生而相克呢？理由很多，吃醋是很重要的理由之一。常常老爷不跟太太好而跟另一位好，或者是太太不跟老爷好而跟另一位好。这么一来，

222

对方当然嫉妒，可是并非嫉妒对方，而是嫉妒那个另一位；不过另一位很不易与之发生正式冲突；于是一腔酸气便全发在对方的身上，因而相克，即所谓吃醋。所以吃醋原是双方的，并不仅在太太方面。可是最著名的例子却是太太造成，宋朝的陈季常先生瞒了太太鬼头鬼脑地召妓饮酒，被陈太太知道了跑到隔壁，把板壁一敲，于是陈先生"忽闻河东狮子吼，拄杖落手心茫然"，"茫然"两字，最得其神，千年之后我们都可想见其可怜的狼狈之状。然而他这是活该，可怜不足惜。最倒霉的就是陈太太闹了个"河东狮子"的名字，千秋万世不能解脱。

传说释迦牟尼佛生时，一手指天，一手指地，作狮子吼，云，天上天下，唯吾独尊。狮子是兽中之王，大声一吼，自然群兽慑服。佛家就说狮子吼而百兽伏，以喻正义伸而群言沮。古人把善妒之妇与释迦牟尼佛相提并论，其重视的程度可以想见。

有一种捕风捉影的吃醋，令人莫名其妙，谓之"吃飞醋"。

剃头的挑子一头热，自己酸气冲天，气得七颠八倒，而对方满没理会，此之谓"吃寡醋"。

亦有人把这个醋吃得非常温柔，小巧而可爱，以退为进，适可而止，纵横捭阖，不可向迩，结果求福得福，求利得利。这是吃醋吃到了家的。否则弄巧成拙，不但吃了亏，还会被别人说闲话，说是醋坛子、醋坯子、醋瓶子……

又有一种人烧包脾气，性如烈火。醋劲上来，急火攻心；

不管三七二十一，拳头嘴巴齐上，手枪刀子全来。于是演出惨绝人寰的大悲剧。这是白热化的"醋缸大爆炸"，为智者所不取。

这是男女间的吃醋，虽因情形之异而结果不同，可是出发点全是好的。它的演进是：由爱生疑，由疑生醋。

吃醋固不仅男女而然也。既然嫉妒之心，人皆有之，既引小喻大，何时何地不能吃醋？同行相轻，常常是吃醋使然；我不服你，你不服我，这其间的真是非原是不容易分出来的。社会之中，名利争夺，处处都有引起吃醋的可能。

醋的力量之大，既如上述，我们绝不能忽视它。不过假如我们真有这样大的醋劲非发泄不可的话，我们何妨转移目标把这一股泼辣的力量用在一种伟大的事业上去呢？

白猫王子七岁

　　白猫王子大概是已到中年。人到中年发福，脖梗子后面往往隆起几条肉，形成几道沟，尤其是那些饱食终日的高官巨贾。白猫的脖子上也隐隐然有了两三道肉沟的痕迹。他腹上的长毛脱落了，原以为是季节性的，秋后会复生，谁知道寒来暑往又过了一年，腹上仍是光秃秃的，只有一层茸毛。他的眉头深锁，上面有直竖的皱纹三数条，抹也抹不平，难道是有什么心事不成？

　　他比从前懒了。从前一根绳子，一个线团，可以逗他狼奔豕突，可以引他鼠步蛇行，可以诱他翻斤斗竖蜻蜓，玩好大半天，直到他疲劳而后止。抛一个乒乓球给他，他会抱着球翻滚，他会和你对打一阵，非球滚到沙发底下去不肯罢休。菁清还喜欢和他玩捕风捉影的游戏，她拿起一个衣架之类的东西，在灯光下摇晃，墙上便显出一个活动的影子，这时候白猫便窜向墙边，跳起好几尺高，去捕捉那个影子。

225

如今情况不同了。绳子线团不复引起他的兴趣。乒乓球还是喜欢，但是要他跑几步路去捡球，他就觉得犯不着，必须把球送到他的跟前，他才肯举爪一击，就好像打高尔夫的大人先生们之必须携带球童或是乘坐小型机车才肯于一切安排妥贴之后挥棒一击。捕风捉影的事他再不屑为。《山海经》："夸父不量力，欲追日影。"白猫未必比夸父聪明，其实是他懒。

哪有猫儿不爱腥的？锅里的鱼刚煮熟，揭开锅盖，鱼香四溢，白猫会从楼上直奔而来，但是他蹲在一旁，并不流涎三尺，也不凑上前来做出迫不及待的样子。他静静地等着我摘刺去骨，一汤一鱼，不冷不热，送到他的嘴边，然后他慢条斯理地进餐。他有吃相，他从盘中近处吃起，徐徐蚕食，他不挑挑拣拣。他吃完鱼，喝汤；喝完汤，洗脸；洗完脸，倒头大睡。他只要吃鱼，沙丁鱼、鲢鱼，天天吃也不腻。有时候胃口不好也流露一些"日食万钱无下箸处"的神情，闻一闻就望望然去之，这时候对付他的方法就是饿他一天。菁清不忍，往往给他开个罐头番茄汁鲣鱼之类，让他换换口味。

白猫王子不是可以呼之即来挥之即去的。他高兴的时候偎在人的身边卧着，接受人的抚摩，他不高兴的时候任你千呼万唤他也相应不理。你把他抱过来，他也会纵身而去。菁清说他骄傲，我想至少是倔强。猫的性格，各有不同。有人说猫性狡诈，我没有发现白猫有这样的短处。唐朝武后朝中有一个权臣小人李义府(《唐书》列传第三十二)，"貌状温柔，与人语必嬉怡微笑，而褊忌阴贼。既处权要，欲人附己，微忤意者，辄加倾陷。故时人言义府笑中有刀。又以其柔而害物，亦谓之李猫"。李猫这个绰号似乎不洽。白猫王子柔则有之，但丝毫没有害物的意思。他根本不笑，自然不会笑中有刀，他的掌中藏着利爪，那是他自卫的武器。他时常伸出利爪在沙发上抓挠，把沙发抓得稀烂，我们应该在沙发上钉一块皮子什么的，让他抓。

猫愿有固定的酣睡静卧的所在，有时候他喜欢居高临下的地方，能爬多高就爬多高；有时候又喜欢窝藏在什么旮旯儿里，令人找都找不到。他喜欢孤独，能不打扰他最好不要打扰他，让他享受那份孤独。有时候他又好像不甘寂寞，我正在伏案爬格，他会飕的一下子窜上书桌，不偏不倚的趴在我的稿纸上，我只好暂停工作。我随后想到两全的办法，在书桌上给他设备一份铺垫，他居然了解我的用意。从此我可以一面拍抚着他，一面写我的稿。我知道，他不是有意来陪伴我，他是要我陪伴他。有时候我一站起身，走到书架去取书，他立刻就从桌上跳下占据我的座椅，安然睡去。他可以在我椅上睡六七个小时，我由他高卧。

猫最需要的伴侣是猫。黑猫公主的性格很泼辣刁钻，所以一向不是关在楼上寝室便是关在笼子里，黑白隔离。后来渐渐弛禁，两个猫也可以放在一起了，追逐翻滚一阵之后也能并排而卧相安无事。小花进门之后，我们怕他和白猫不能相容，也隔离了很久，现在这两只猫也能在一起共存，不争座位，不抢饭碗。

三月三十日是白猫王子七岁的生日，菁清给他预备了一份礼物——市场买菜用的车子，打算在天气晴朗惠风和畅的时候把他放在车里推着他在街上走走。这样，他总算是于"食有鱼"之外还"出有车"了。

谈礼

礼不是一件可怕的东西，不会"吃人"。礼只是人的行为的规范。人人如果都自由行动，社会上的秩序必定要大乱。法律是维持秩序的一套方法，但是关于法律的力量不及的地方，为了使人能更像是一个人，使人的生活更像是人的生活，礼便应运而生。礼是一套法则，可能有官方制定的成分在内，亦可能有世代沿袭的成分在内，在基本精神上还是约定俗成的性质，行之既久，便成为大家公认共守的一套规则。一套礼法也不是一成不变的，事实上是随时在变，不过可能变得很慢，可能赶不上时代环境之变迁得那样快，因此至少在形式上可能有一部分变成不合时宜的东西。礼，除非是太不合理，总是比没有礼好。这道理有一点像"坏政府胜于无政府"。有些人以为礼是陈腐的有害的东西，这看法是不对的。

我们中国是礼义之邦，一向是重礼法的。见于书本的古代的祭礼、丧礼、婚礼、士相见礼等等，那是一套，事实上社会上流行的又是一套。现行的一套即是古礼之逐渐地个别地修正，虽然各地情形不同，大体上尚有规模存在，等到中西文化接触之后便比较有紊乱的现象了。紊乱尽管紊乱，礼还是有的，制礼定乐之事也许不是当前急务，事实上吾人之生活中未曾一日无礼的活动。问题是我们是否认真地严肃地遵循着礼。孔门哲学以"克己复礼"为做人的大道理，意即为吾人行事应处处约束自己，使合于礼的规范。怎样才是非礼勿视、非礼勿言、非礼勿动，那是值得我们随时思考警惕的。

读书人应该知道礼，但是有些人偏不讲礼，即所谓名士。六朝时这种名士最多，《世说新语》载阮籍的一句话最有趣："礼岂为我辈设也？"好像礼是专为俗人而设。又载这样的一段故事：

> 阮步兵丧母，裴令公往吊之。阮方醉，散发坐床，箕踞不哭。裴至，下席于地，哭；吊唁毕，便去。或问裴："凡吊，主人哭，客乃为礼。阮既不哭，君何为哭？"裴曰："阮方外之人，故不崇礼制；我辈俗中人，故以仪轨自居。"时人叹为两得其中。

没有阮籍之才的人，还是以仪轨自居为宜。像阮步兵之流，我们可以欣赏，不可以模仿。

　　中西礼节不同。大部分在基本原则上并无二致，小部分因各有传统亦不必强同。以中国人而用西方的礼，有时候觉得颇不合适，如必欲行西方之礼，则应知其全部底蕴，不可徒效其皮毛，而乱加使用。例如，握手乃西方之礼，但后生小子在长辈面前不可首先遽然伸手，因为长幼尊卑之序终不可废，中西一理。再例如，祭祖先是我们家庭传统所不可或缺的礼，其间绝无迷信或偶像崇拜之可言，只是表示"慎终追远"的意思，亦合于我国所谓之孝道，虽然是西礼之所无，然义不可废。我个人觉得，凡是我国之传统，无论其具有何种意义，苟非荒谬残酷，均应不轻予废置。再例如，电话礼貌，在西方甚为重视，访客之礼、探病之礼，均有不成文之法则，吾人亦均应妥为仿行，不可忽视。

　　礼是形式，但形式背后有重大的意义。

台北家居

　　"长安米贵，居大不易"，原是调侃白居易名字的戏语。台北米不贵，可是居也不易。一九四九年左右来台北定居的人，大概都有一个共同的感觉，觉得一生奔走四方，以在台北居住的这一段期间为最长久，而且也最安定。不过台北家居生活，三十多年中，也有不少变化。

　　我幸运，来到台北三天就借得一栋日式房屋。约有三十多坪，前后都有小小的院子，前院有两窠春蕉，隔着窗子可以窥视累累的香蕉长大，有时还可以静听雨打蕉叶的声音。没有围墙，只有矮矮的栅门，一推就开。室内铺的是榻榻米，其中吸收了水汽不少，微有霉味，寄居的蚂蚁当然密度很高。没有纱窗，蚊蚋出入自由，到了晚间没有客人敢赖在我家久留不去。"衡门之下，可以栖迟。"不久，大家的生活逐渐改良了，铁丝纱、尼龙纱铺上了窗栏，很多人都混上了床，藤椅、藤沙发也广泛地出现，榻榻米店铺被淘汰了。

　　在未装纱窗之前，大白昼我曾眼看着一个穿长衫的人推我栅门而入，他不敲房门，径自走到窗前伸手拿起窗台上放着的一只闹钟，扬长而去。我追出去的时候，他已经一溜烟地跑了。这不算偷，不算抢，只是不告而取，而且取后未还。好在这种事起初不常有。窃贼不多的原因之一是一般人家里没有多少值得一偷的东西。我有一位朋友一连遭窃数次，都是把他床上铺盖席卷而去，对于一个身无长物的人来说，这也不能不说是损失惨重了。我家后来也蒙梁上君子惠顾过一回，他闯入厨房搬走一只破旧的电锅。我马上买了一只新的，因为要吃饭不可一日无此君。不是我没料到拿去的破锅不足以厌其望，并且会受到师父的辱骂，说不定会再来找补一点什么，而是我大意了，没有把新锅藏起来，果然，第二天夜里，新锅不翼而飞。此后我就坚壁清野，把不愿被人携去的东西妥为收藏。

　　中等人家不能不雇用人，至少要有人负责炊事。此间乡间少女到城市帮佣，原来很多大部分是想借此摄取经验，以为异日主持中馈的准备，所以主客相待以礼，恰如其分。这和雇用三河县老妈子就迥异其趣了。可是这种情况急遽变化，工厂多起来了，商店多起来了，到处都需要女工，人孰无自尊，谁也不甘长久地为人"断苏切脯，筑肉臛芋"。于是供求失调，工资暴涨，而且服务的情形也不易得到雇主的满意。好多人家都抱怨，用人出去看电影要为她等门；她要交男友，不胜其扰；她要看电视，非看完一切节目不休。她要休假、返乡、借支；

她打破碗盏不作声；她敞开水管洗衣服。在另一方面，她也有她的抱怨：主妇碎嘴唠叨，而且服务项目之多恨不得要向王褒的《僮约》看齐，"不得辰出夜入，交关伴偶"。总之不久缘尽，不欢而散的居多。如今局面不同了。多数人家不用女工，最多只用半工，或以钟点计工。不少妇女回到厨房自主中馈。懒的时候打开冰箱取出陈年剩菜或是罐头冷冻的东西，不必翻食谱，不必起油锅，拼拼凑凑，即可度命。馋的时候，阖家外出，台北餐馆大大小小一千四百余家，平津、宁浙、淮扬、川、湘、粤，任凭选择，牛肉面、自助餐，也行。妙在所费不太多，孩子们皆大欢喜，主妇怡然自得，主男也无需拉长驴脸站在厨房水槽前面洗盘碗。

台北的日式房屋现已难得一见，能拆的几乎早已拆光。一般的人家居住在四楼的公寓或七楼以上的大厦。这种房子实际上就像是鸽窝蜂房。通常前面有个几尺宽的小阳台，上面摆列几盆尘灰渍染的花草，恹恹了无生气；楼上浇花，楼下落雨，行人淋头。后面也有个更小的阳台，悬有衣裤招展的万国旗。客人来访，一进门也许抬头看见一个倒挂着的"福"字，低头看到一大堆半新不旧的拖鞋——也许要换鞋，也许不要换，也许主人希望你换而口里说不用换，也许你不想换而问主人要不要换，也许你硬是不换而使主人瞪你一眼。客来献茶？没有那么方便的开水，都是利用热水瓶。盖碗好像早已失传，大部分是使用玻璃杯。其实正常的人家，客已渐渐稀少，谁也没有太多的闲暇串门子闲磕牙，有事需要先期电话要约。杜甫诗："但使残年饱吃饭，只愿无事常相见。"现在不行，无事为什么还要常相见？

"千金买房，万金买邻。"话是不错，但是谈何容易？谁也料不到，楼上一家偶尔要午夜跳舞，篷拆之声盈耳；隔壁一家常打麻将，连战通宵；对门一家养哈巴狗，不分晨夕地吠影吠声，一位新来的住户提出抗议，那狗主人愤然作色说："你搬来多久？我的狗在此已经吠了两年多。"街坊四邻不断地有人装修房屋，而且要装修得像是电视综艺节目的背景，敲敲打打历时经旬不止。最可怕的是楼下开了一家汽车修理厂，日夜服务，不但叮叮当当响起敲打乐，而且漆鬃焊接一概俱全，马达声、喇叭声不绝于耳。还有葬车出殡，一路上有音乐伴奏，不时地燃放爆竹，更不幸的是邻近的人办白事，连夜地诵经放焰口，那就更不得安生了。"大隐隐朝市"，我有一位朋友想"小隐隐陵薮"，搬到乡野，一走了之，但是立刻就有好心的人劝阻他说："万万不可，乡下无医院，万一心脏病发，来不及送院急救，怕就要中道崩殂！"我的朋友吓得只好客居在红尘万丈的闹市之中。

家居不可无娱乐。卫生麻将大概是一些太太的天下。说它卫生也不无道理，至少上肢运动频数，近似蛙式游泳。只要时间不太长、输赢不大，十圈八圈地通力合作，总比在外面为非作歹、伤风败俗要好得多。公务人员与知识分子也有乐此不疲者。梁任公先生说过："只有打麻将能令我忘却读书，只有读书能令我忘却打麻将。"我们觉得饱学如梁先生者，不妨打打麻将。也许电视是如今最受欢迎的家庭娱乐了，只要具有初高中程度，或略识之无，甚至文盲，都可以欣赏。当然，胃口需要相当强健，否则看了一些狞眉皱眼怪模怪样而自以为有趣的面孔，或是奇装异服不男不女蹦蹦跳跳的人妖，岂不要作呕？年轻的一代，自有他们的天地，郊游、露营、电影院、舞厅、咖啡馆，都是赏心悦目的胜地，家庭有娱乐，对他们而言，恐怕是渐渐地认为不大可能了。

　　五十多年前，丁西林先生对我说，他理想中的家庭具备五个条件：一是糊涂的老爷；二是能干的太太；三是干净的孩子；四是和气的用人；五是二十四小时的热水供应。这是他个人的理想，但也并非是笑话。他所谓糊涂，当然是"小事糊涂，大事不糊涂"；所谓能干，是指里里外外上上下下一手承担；所谓干净，是说穿戴整洁不淌鼻涕；所谓和气，是吃饱喝足之后所自然流露出来的一股温暖；至于热水供应，则是属于现代设备的问题。如果丁先生现住台北，他会修正他的理想。旧时北平中上之家讲究"天棚、鱼缸、石榴树，先生、肥狗、胖丫头"，那理想更简单了。台北家居，无所谓天棚，中上人家都有冷气，热带鱼和金鱼缸各有情趣，石榴树不见得不如兰花，家里请先生则近似恶补，养猫养狗更是稀松平常，病了还有猫狗专科医院可以就诊（在外国见到的猫狗美容院此地尚付阙如），胖丫头则丫头制度已不存在，遑论胖与不胖？说不定胖了还要设法减肥。

台北家居是相当安全的。舞动长刀扁钻杀人越货的事常有所闻，不过独行盗登门抢劫的事是少有的。像某些国家之动辄抢银行、劫火车，则此地之安谧甚为显然。夜不闭户是办不到的，好多人家窗上装了栅栏甘愿尝受铁窗风味，也无非是戒慎预防之意。至于流氓滋事，无地无之，是非之地少去便是。台北究竟是一个住家的好地方。

骆驼

　　台北没有什么好去处。我从前常喜欢到动物园走动走动，其中两个地方对我有诱惑。一个是一家茶馆，有高屋建瓴之势，凭窗远眺，一片釉绿的田畴，小川蜿蜒其间，颇可使人目旷神怡。另一值得看的便是那一双骆驼了。

　　有人喜欢看猴子，看那些乖巧伶俐的动物，略具人形，而生活究竟简陋，于是令人不由得生出优越之感，掏一把花生米掷进去。有人喜欢看狮子跳火圈，狗做算学，老虎翻筋斗，觉得有趣。我之看骆驼则是另外一种心情。骆驼扮演的是悲剧的角色。它的槛外是冷清清的，没有游人围绕，所谓槛也只是一根杉木横着拦在门口。地上是烂糟糟的泥。它卧在那里，老远一看，真像是大块的毛姜。逼近一看，可真吓人！一块块的毛都在脱落，斑驳的皮肤上隐隐地露着血迹。嘴张着，下巴垂着，有上气无下气地在喘。水汪汪的两只大眼睛好像是眼泪扑簌地盼望着能见亲族一面似的。腰间的肋骨历历可数，颈子又细又长，尾巴像是一条破扫帚。驼峰只剩下了干皮，像是一只麻袋搭在背上。骆驼为什么落到这悲惨地步呢？难道"沙漠之舟"的雄姿即不过如是吗？

我心目中的骆驼不是这样的。儿时在家乡，一听见大铜铃叮叮当当就知道送煤的骆驼队来了，愧无管宁的修养，往往夺门出视。一根细绳穿系着好几只骆驼，有时是十只八只的，一顺地立在路边。满脸煤污的煤商一声吆喝，骆驼便乖乖地跪下来给人卸货，嘴角往往流着白沫，口里不住地嚼——反刍。有时还跟着一只小骆驼，几乎用跑步在后面追随着。面对着这样庞大而温驯的驮兽，我们不能不惊异地欣赏。

是亚热带的气候不适于骆驼居住。（非洲北部的国家有骆驼兵团，在沙漠中驰骋，以骁勇善战著名，不过那骆驼是单峰骆驼，不是我们所说的双峰骆驼。）动物园的那一双骆驼不久就不见了，标本室也没有空间容纳它们。我从此也不大常去动物园了。我尝想：公文书里罢黜一个人的时候常用"人地不宜"四字，总算是一个比较体面的下台的借口。这骆驼之黯然消逝，也许就是类似"人地不宜"之故吧？生长在北方大地之上的巨兽，如何能局促在这样的小小圈子里，如何能耐得住这炎方的郁蒸？它们当然要憔悴，要悒悒，要委顿以死。我想它们看着身上的毛一块块地脱落，真的要变成"有板无毛"的状态，蕉风椰雨，晨夕对泣，心里多么凄凉！真不知是什么人恶作剧，把它们运到此间，使得它们尝受这一段酸辛，使得我们

239

也兴起"人何以堪"的感叹!

其实，骆驼不仅是在这炎蒸之地难以生存，就是在北方大陆其命运也是在日趋于衰微。在运输事业机械化的时代，谁还肯牵着一串串的骆驼招摇过市? 沙漠地带该是骆驼的用武之地了，但现在沙漠里听说也有了现代的交通工具。骆驼是驯兽，自己不复能在野外繁殖谋生。等到为人类服务的机会完全消灭的时候，我不知道它将如何繁衍下去。最悲惨的是，大家都讥笑它是兽类中最蠢的当中的一个，因为它只会消极地忍耐。给它背上驮五磅的重载，它会跪下来承受。它肯食用大多数哺乳动物所拒绝食用的荆棘苦草，它肯饮用带盐味的脏水。它奔走三天三夜可以不喝水，并不是因为它的肚子里储藏着水，是因为它在体内由于脂肪氧化而制造出水。它的驼峰据说是美味，我虽未尝过，可是想想熊掌的味道，大概也不过尔尔。像这样的动物若是从地面上消逝，可能不至于引起多少人惋惜。尤其是在如今这个世界，大家所最欢喜豢养的乃是善伺人意的哈巴狗，像骆驼这样的"任重而道远"的家伙，恐怕只好由它一声不响地从这世界舞台上退下去吧!